Pferdeinternat Inselglück

Ein Sommer mit Herz

Weitere Abenteuer im Pferdeinternat Inselglück:

Milas großer Traum
Im Galopp zum Sieg
Liebe und Lampenfieber
Ein Sommer mit Herz

Emma Norden

PferdeInternat

Inselglück

Ein Sommer mit Herz

Loewe

FSC
www.fsc.org
MIX
Papier aus verantwortungsvollen Quellen
FSC® C014496

ISBN 978-3-7855-8680-8
1. Auflage 2017

Umschlagfoto: © iStock.com/wundervisuals
Umschlaggestaltung: Elke Kohlmann
Printed in Germany

www.loewe-verlag.de

Inhalt

Und ständig klopft das Herz 7
Training ist das A und O 18
Die Neue 29
Ein Schwan unter Fischen 39
Reiten hilft immer 50
Trost für Mila 59
Alles echt ätzend 71
Charlys Geheimnis 80
Anziehungskräfte 92
Jetzt reicht's! 104
Die Prüfung 115
Weglaufen ist einfach 124
Zurückkommen ist nicht so einfach! 134
Ein hartes Abschlusstraining 151
Die Pressekonferenz 160
Jakobs Entschluss 167
Abschied und Vorfreude 181

Und ständig klopft das Herz

„Lauf, Adesso, lauf!“, flüsterte Mila und genoss den kühlen Wind, der ihr beim Galopp um die Ohren pfiff. Strandritte waren einfach wundervoll. Und wenn man dabei noch so ein tolles Ziel hatte wie sie, klopfte das Herz gleich doppelt so schnell.

Kurz darauf zügelte sie den dunkelbraunen Hengst und lenkte ihn nach links, um auf dem Dünenweg ins Dorf zu reiten. Adessos Hufe klackerten auf den Holzbohlen. Als Mila den Garten der kleinen Pension *Strandmuschel* erreichte, stieg sie ab und führte Adesso zu dem Wassereimer, den die nette Besitzerin für ihn schon bereitgestellt hatte.

„Ach hallo, Mila“, rief Frau Ahmsen ihr entgegen. „Deine Eltern sitzen auf der Terrasse. Ich bring dir gleich auch noch zwei, drei Möhren für dein Pferdchen.“

Mila bedankte sich und wickelte eilig die Zügel um den Holzzaun. Sie fand es zu komisch, dass Frau Ahmsen immer „Pferdchen“ sagte – schließlich war Adesso ein groß gewachsener Oldenburger, zu dem das „chen“ so gar nicht passte.

Dann hastete sie zu ihren Eltern. Chris und Bella Hofer saßen auf der Terrasse und frühstückten in der warmen Morgensonne. Mila umarmte sie stürmisch.

„Hi, ihr beiden! Zum Glück seid ihr schon wach!“

Bella lachte. „Guten Morgen, mein Schatz. Was dachtest du denn? Wir schlafen doch nicht aus, wenn wir stattdessen Zeit mit dir verbringen können. Wie nett von Frau Steinbach, dass sie dich heute vom Unterricht freigestellt hat. Schließlich ist es unser letzter gemeinsamer Tag.“

Mila nickte und ihr Magen zog sich ein wenig zusammen. Der letzte Tag. Morgen schon würden ihre Eltern wieder nach Afrika fliegen, wo sie als Ärzte ein Jahr arbeiteten. Im normalen Internatsalltag hatte sich Mila daran gewöhnt, ohne ihre Eltern zu sein, aber jetzt, nach ihrem Besuch, konnte sie sich nicht vorstellen, dass sie bald schon wieder fort sein würden. Mila kuschelte sich traurig in die Arme ihres Vaters.

„Kopf hoch, Mäuschen“, sagte er leise. „Die letzten Wochen bis zu den Ferien werden dich auf Trab halten, da ist für Sehnsucht gar nicht so viel Platz.“ Mila lächelte tapfer und wischte sich die Träne ab, die sich auf ihre Wange geschlichen hatte. Chris schmunzelte. „Und gibt es da nicht auch noch diesen einen Jungen, der dafür sorgen wird, dass du gar nicht unglücklich sein kannst?“

Mila wurde rot. „Ähm, ja …“, nuschelte sie.

Bella lachte. „Chris, ärgere sie nicht damit. So etwas möchte man still genießen.“

Mila warf ihr einen dankbaren Blick zu.

„Aber er ist wirklich nett“, fand Chris. „Ich würde gern mal mit ihm angeln gehen.“

Milas Augen wurden schlagartig größer. Leicht panisch quiekte sie: „Was?“

Ihre Mutter lachte. „Keine Angst, dafür ist sowieso keine Zeit mehr. Heute haben wir doch noch jede Menge vor, oder nicht?“

Mila nickte erleichtert. In der Tat hatte sie sich viel überlegt, um jede Minute der wenigen Tage, die sie mit ihren Eltern hatte, auszukosten. Natürlich hatte sie ihnen das gesamte Internat gezeigt und all ihre Freunde vorgestellt. Und alle Pferde. Sie hatten im Speisesaal gegessen und im Gemeinschaftsraum einen Film gesehen. Mila hatte sie sogar durch den kleinen Inselort Ritteck geschleift und mit ihnen eine Kutterfahrt gemacht. Da der Sommer in diesem Jahr früh begonnen hatte, waren sie natürlich auch schon im Meer baden gewesen und hatten lange am Strand gelegen. Für heute standen noch zwei Möglichkeiten zur Auswahl: Entweder sie konnten Jan auf dem Isländerhof besuchen, der am Ende der Insel lag, oder sie würden eine Wattwanderung machen. Und Mila hatte sich soeben entschieden: Auf keinen Fall wollte sie peinliche Situationen vor Jan – deshalb würden sie wattwandern.

„Genau, wir haben jede Menge vor! Wir wandern nämlich heute durchs Watt", sagte Mila entschlossen.

Bella seufzte. „Oh, ich erinnere mich, dass wir das früher auf einer Klassenfahrt mal gemacht haben." Sie runzelte die Stirn. „Ich glaube, ich fand es schrecklich!"

Doch die gemeinsame Wattwanderung war überhaupt nicht schrecklich. Nachdem Mila Adesso mit den leckeren Möhren von Frau Ahmsen gefüttert hatte, war sie zunächst zum Internat zurückgeritten und hatte ihn versorgt. Kurz darauf traf sie sich mit ihren Eltern beim

Kurhaus, von wo aus die Wanderung starten sollte. Der Wattführer war ein waschechter Friese und plapperte lustig vor sich hin. Mila lief zwischen ihren Eltern und genoss es sehr, sie bei sich zu haben. Immerhin war sie in den letzten Monaten sehr selbstständig geworden und brauchte niemandem mehr zu beweisen, dass sie auch ohne ihre Eltern klarkam.

Fröhlich und bis zu den Knien voller Schlick, erreichten sie nach zwei Stunden wieder das Kurhaus. Während sie an einem Wasserhahn versuchten, den hartnäckigen Schlamm wieder abzuspülen, meldete sich Milas Magen erneut.

„Jetzt sind es nur noch eineinhalb Stunden, bis die Fähre geht", seufzte Mila.

Ihre Mutter drückte sie stumm an sich. Mila merkte, wie schwer auch ihr der Abschied fiel. Bella schob sie von sich und sagte: „Eineinhalb Stunden traurig oder fröhlich verbringen, was meinst du?"

„Fröhlich", entschied Mila. Gemeinsam holten sie die Koffer aus der Pension und setzten sich dann ins Hafencafé, wo es die allerbesten Windbeutel der Welt gab. Sie nannten sich Zuckerbrise und machten süchtig – fand zumindest Mila.

„Mmh, ich könnte glatt noch einen dritten verdrücken“, seufzte sie.

Chris stöhnte. „Auf keinen Fall. Ich platze gleich. Nicht nur, dass das Essen im Internat verflixt gut ist, nein, du kannst hier auch noch solch leckere Dinge bekommen – ich beneide dich.“

Bella stieß ihm den Ellbogen in die Seite. „Soll das heißen, du magst meine Kochkünste nicht?“

Chris lachte. „Nein, Schatz, du kochst fürchterlich. Aber zum Glück werden wir in Kenia gut versorgt, ohne dass du dich darum kümmern musst …“ Er küsste sie quer über den Tisch hinweg.

Mila kicherte. Kochen gehörte wirklich nicht zu den Stärken ihrer Mutter.

„Schade, dass wir nicht mehr von deinen Reitkünsten bewundern konnten“, meinte Bella.

„Ja, bis auf das eine Training war keine Gelegenheit mehr, dir beim Springen zuzuschauen“, ergänzte Chris.

„Aber ihr habt gesehen, wie gut ich war“, sagte Mila stolz.

„Und wie“, gab Bella zu. „Obwohl ich anfangs ja nicht sehr glücklich war, dass du Springreiten lernen willst.“ Sie zog die Nase kraus. „Aber das haben wir uns wohl selbst zuzuschreiben – wenn man sein Kind auf ein Reitinternat mit super Ruf schickt, muss es früher oder später vom Ehrgeiz ergriffen werden."

„Warum wart ihr eigentlich so entsetzt darüber?", wollte Mila es nun genauer wissen.

Chris zögerte. „Na ja, Springreiten ist einfach …"

„… gefährlich", fuhr Bella fort.

Mila schüttelte den Kopf. „Aber nein. Hier ist noch nie was passiert."

„Das kann schneller geschehen, als man denkt", murmelte ihr Vater gedankenverloren.

Mila sah ihn verwirrt an. Wollte er ihr das Springreiten nun doch wieder madigmachen? Oder sogar verbieten? Dieser schreckliche Gedanke ließ sie erschrocken zusammenzucken.

Bella griff beruhigend ihre Hand. „Keine Angst, du darfst weiterreiten. Nur achte darauf, dass der Ehrgeiz nicht die Zügel in die Hand nimmt, okay?"

Mila nickte.

„Warum hast du damals eigentlich aufgehört zu reiten, Papa?", fragte sie.

Chris schwieg.

Stattdessen antwortete Bella: „Weißt du, irgendwann

ist es einfach an der Zeit, sich dem Beruf zu widmen. Gerade als Arzt …“ Sie verstummte.

Mila spürte zwar die seltsame Stimmung, die nun zwischen ihnen herrschte, wusste aber nicht, woher sie so plötzlich gekommen war.

„Ist denn mal was passiert? Ich meine, weil du doch eben gesagt hast, dass so was schneller geschehen kann, als –“

„Die Fähre“, rief ihr Vater auf einmal und sprang auf. „Kommt, wir müssen los. Ich geh mal zahlen.“

Verwirrt ließ Mila sich von der Hektik anstecken und raffte Jacken, Koffer und Taschen zusammen.

Und dann ging alles ganz schnell: Mila umarmte ihre Eltern und drückte sie fest an sich, aber da zogen und schoben die vielen anderen Tagesgäste sie mit sich auf das Schiff, das wenige Minuten später ablegte. Mila winkte ihnen lange nach, während die Fähre Kurs aufs Festland nahm.

„Das war jetzt irgendwie seltsam“, murmelte sie leise vor sich hin. Dann zuckte sie mit den Schultern. Sicher war das nur dem Abschied geschuldet. Sie drehte sich um und lief zurück zum Internat, das inzwischen ihr neues Zuhause geworden war.

Nach einiger Zeit erreichte Mila den gepflasterten Weg, der zum Internat führte. Das große Schild mit der verschnörkelten Aufschrift „Willkommen im *Pferdeinternat Inselglück*" löste den Knoten in ihrem Magen ein wenig. Und als sie entdeckte, wer auf der Bank am Wegesrand auf sie wartete, war endgültig jedes trübe Gefühl verschwunden.

„Jan", rief sie strahlend und lief auf ihn zu.

Nach dem Theaterstück vor ein paar Tagen, in dem sie beide Romeo und Julia gespielt hatten, hatte Jan ihr in einem Brief seine Liebe gestanden. Doch im nächsten Augenblick waren Milas Eltern überraschend zu Besuch gekommen und seitdem hatten sie sich kaum gesehen. Jetzt fühlte sich ihr Magen an, als ob tausend kleine Luftbläschen darin umherwirbelten. Wie würde Jan sich verhalten, nun, da sie das erste Mal allein waren?

Jan breitete im Sitzen seine Arme aus. Mila setzte sich zuerst etwas verlegen neben ihn – doch als er sie in die Arme schloss und seine Wange gegen ihre lehnte, war sie nur noch glücklich. Tief sog sie seinen Duft ein.

„Was machst du denn hier?", fragte sie.

„Auf dich warten", antwortete Jan. „Ich weiß doch, wann die Fähre fährt."

Ach ja, natürlich. Das hatte Mila nicht bedacht. „Wie lieb von dir", flüsterte sie.

„Hm, nett von mir, dass ich dich über deinen Abschiedsschmerz hinwegtrösten will", grinste Jan. „Vielleicht ist auch ein ganz klein wenig Eigennutz dabei, denn ich habe dich in den letzten Tagen kaum zu Gesicht bekommen." Er hob die Hand und strich Mila sanft über die Wange. „Du hast mir gefehlt."

Milas Magen schlug Purzelbäume. „Du mir auch."

Jan beugte sich vor und Mila schloss die Augen. Oh, jetzt würde er sie küssen …

„Hey, ihr Turteltauben", unterbrach sie plötzlich eine energische Stimme.

Erschrocken zuckte Mila zusammen und sah auf. Es war Nele. Mila seufzte. Nele war – speziell. Am Anfang hatte sie Mila das Leben im Internat zur Hölle gemacht – bis Mila geholfen hatte, Neles Pferd Fairy ins Internat zu holen. Inzwischen war sie eigentlich ganz nett zu Mila, aber manchmal kam die alte Nelezicke wieder hervor. Meistens, wenn sie neidisch war.

„Hi, Nele", grüßte Mila sie.

„Hi", sagte auch Jan und stand auf. „Du Arme, so viele Papiertüten – soll ich dir tragen helfen?"

Hektisch zog Nele die Tüten zur Seite. „Nein danke“, zischte sie, warf ihm einen bösen Blick zu und wandte sich in Richtung Internat. „Ich gehe.“

Jan fing an zu kichern.

„Ich gehe“, wiederholte er mit heller Stimme. „Wie eine Prinzessin, die ihren Untergebenen eine Ankündigung macht. Nele ist echt eine Marke.“

Jetzt musste auch Mila lachen. „Warum hat sie sich bloß so erschreckt, als du das mit den Tüten gesagt hast?“, fragte sie.

Jan grinste. „Ich hab sie schon öfter dabei ertappt, wie sie tütenweise Süßigkeiten in Ritteck einkauft. Sehr vernascht, die liebe Nele“, erzählte er.

„Ach, dann hat sie also doch eine Schwäche?“, staunte Mila. Nele war sonst stets perfekt.

„Hm“, murmelte Jan. Dann zog er sie von der Bank hoch und legte ihr den Arm um die Schultern. „Komm, wir gehen auch. Bald gibt es Abendessen bei euch und ich muss auch zurück zum Hof.“

Mila kuschelte sich an ihn. Schade. Einen Kuss bekam sie vermutlich heute nicht mehr. Dabei hätte sie zum Abendessen nichts anderes gebraucht …

Training ist das A und O

Am nächsten Morgen schlüpfte Mila als Letzte durch die Speisesaaltür und setzte sich rasch auf ihren Platz. Ihr Magen knurrte. Doch er würde sich gedulden müssen, denn in der Mitte des Raumes stand Frau Steinbach und bat um Ruhe.

„Was ist denn?“, fragte Mila ihre beste Freundin Charly, die neben ihr saß. Doch die zuckte mit den Schultern.

„Liebe Schülerinnen und Schüler“, begann die Direktorin. „Bald beginnen die großen Ferien, dann könnt ihr mal so richtig entspannen und durchatmen. Noch aber haben wir drei ereignisreiche Wochen vor uns. Nach dem letzten offiziellen Turnier in Bolsenbüttel stehen nun noch die schulinternen und individuellen Reit-Abschlusstests an. Wie ihr wisst, sind diese nicht zeugnisrelevant. Dennoch möchte ich alle darauf hinweisen, dass bei diesen Prüfungen auch schon Eltern anwesend sein werden sowie neue Schüler und Interessenten. Daher bitte ich euch im Namen der Schule, euch anzustrengen und gute Leistungen zu präsentieren." Frau Steinbach blickte streng in die Runde. Dann hielt sie einen Zettel hoch. „Außerdem möchte ich euch noch zwei Neuigkeiten mitteilen. Zum einen habe ich Nachricht von Herrn Erpenbeck. Wie ihr alle wisst, ist er der Talentscout vom Landeskader und hält regelmäßig auf Turnieren nach kommenden Reittalenten Ausschau. In diesem Jahr vermittelt seine Organisation zwei Plätze für ein ganz besonderes Reittrainings-Wochenende in den Sommerferien an Schüler, die eine außergewöhnliche Begabung aufweisen. Die Auswahl bezog sich ausschließlich auf den siebten Jahrgang. Und auserwählt hat er ..." Frau Steinbach machte eine kurze Pause und lächelte. „Jakob und Charlotte!"

Alle Schüler jubelten. Jakob und Charly waren allen so sympathisch, dass es ihnen jeder gönnte. Jakob lächelte schmal und winkte kurz. Charly hielt den Atem an und starrte ungläubig in die Runde. Ihr war vor Überraschung die Kinnlade heruntergefallen. Nele übrigens auch – allerdings vor Eifersucht.

Mila nahm Charly begeistert in den Arm. „Mensch, Charly, das ist der Hammer!“

Charly drückte sie glücklich. Sie strahlte. „Meine Güte, ausgerechnet ich – wer hätte das gedacht?“

„Na, ich nicht“, zischte Nele. Normalerweise war *sie* das Ausnahmetalent, auf das jedes Scheinwerferlicht fiel. Doch beim letzten Turnier hatte sie keine besonders gute Leistung gezeigt – Charly hingegen schon.

„Timing ist alles“, konnte Mila sich nicht verkneifen zu sagen.

Nele warf ihr einen giftigen Blick zu – und verließ den Speisesaal.

„Aber deswegen sollte doch keiner sauer sein“, sagte Charly bekümmert.

„Jetzt genieß mal dein Glück“, rief Franzi.

„Ja, freu dich einfach“, meinte auch Isa.

Die beiden Freundinnen lächelten Charly aufmunternd zu.

Charly beugte sich vor und wandte sich an Jakob. „Freust *du* dich?“

Jakob blickte nur kurz auf. „Es gibt nichts zum Freuen“, sagte er knapp. Dann stand auch er auf und ging.

Charly seufzte. „So macht das echt keinen Spaß.“

Mila strich ihr mitfühlend über den Arm. Sie konnte Jakob allerdings gut verstehen. Vor einigen Wochen hatte sein Zwillingsbruder Mark das Internat verlassen müssen, weil er aus Neid und Hass ein Pferd schlecht behandelt hatte. Seitdem war Jakob nicht mehr derselbe. Sonst lachte er stets, machte viele Scherze und heiterte alle auf. Doch nun schlich er stumm durch die Gänge und war extrem verschlossen.

„Wie eine Auster", murmelte Mila leise.

„Was?", fragte Charly. „*Du* magst Austern? Die sind doch total glibberig und schmecken nur nach der Zitrone, die man drüberkippt."

Mila sah sie verwundert an. „Also, äh, keine Ahnung – woher weißt du denn, wie die schmecken? Ich hatte noch nie welche. Schmecken die nicht nach Fisch?"

Charly wurde rot. „Ach, da gab's mal so eine Gelegenheit … ist ja auch egal. Sag mal, ist es nicht schade, dass wir zwei nicht das Wochenende gewonnen haben? Das wäre doch supercool geworden."

Mila nickte. Das wäre natürlich das Genialste gewesen.

Charly stieß ihr in die Seite. „Die Steinbach hat noch was."

Die Direktorin hatte gewartet, bis sich die allgemeine

Aufregung gelegt hatte. Nun räusperte sie sich und fuhr fort: „Dann wollte ich nur noch kurz verkünden, dass bereits in wenigen Tagen eine neue Schülerin für die siebte Klasse eintreffen wird. Sie übernimmt den freien Platz von Mark, der uns vor Kurzem verlassen hat. Ich erwarte, dass ihr sie freundlich aufnehmt – wie immer. Vielen Dank und guten Appetit." Sie lächelte und setzte sich.

Endlich! Mila griff sich zwei Brötchen auf einmal. „Hunger!", quietschte sie.

„Warum kommt die Neue denn jetzt noch?", fragte Franzi. „Das lohnt doch nicht mehr so kurz vor den Sommerferien."

Isa zuckte mit den Schultern. „Vielleicht war es ja so eine Schnell-schnell-Entscheidung wie damals bei Mila." Sie biss in ihr Brötchen. Dann grinste sie und nuschelte mit vollem Mund: „Dir isch schon klar, dasch die auf dein Tschimmer kommt, oder? Ischa 'n Mädschen."

Franzi starrte sie entgeistert an. „Zu mir?"

Mila lachte. „Vielleicht mag sie Rosa, wie Isa. Das würde dein Zimmer ganz schön aufpeppen, was?"

Franzi war das komplette Gegenteil von Isa. Während bei Isa alles rosa, plüschig und voller Glitzer war, hüllte

Franzi sich stets in Schwarz. Nicht nur ihre Kleidung, auch ihr Zimmer war düster – ebenso wie ihr Musikgeschmack.

„Na, da wird die Neue vielleicht nur kurz bleiben – dann muss sie mit Depressionen in eine Klinik", ärgerte Charly Franzi, die ihre Augen immer noch weit aufgerissen hatte.

Da lachte Franzi laut auf und hob ihre Kakaotasse. „Auf eine lustige Restzeit in der siebten Klasse."

„Prost!"

Ein paar Stunden später stand Mila bei Adesso im Stall und striegelte ihn kräftig.

„Steh still, Süßer", mahnte sie. „Du bist heute ein echter Zappelphilipp. Das wird ja eine lustige Trainingsstunde." Nachdem sie ihm mühsam die Hufe ausgekratzt hatte, führte Mila den Hengst zum Reitplatz, auf dem ein neuer Parcours aufgebaut war. Die meisten anderen Schüler ritten ihre Pferde schon warm.

„Hallo, Mila", rief Tamara, ihre Springreitlehrerin. „Fehlt nur noch Jakob. Hat ihn jemand gesehen?"

„Da kommt er", sagte Charly und wies in Richtung Stall, von wo Jakob mit hängendem Kopf herüberschlich.

Mila beobachtete, wie Tamaras Gesicht vor Sorge ganz ernst wurde. Schon in den letzten Trainingsstunden hatte Jakob stark nachgelassen, er tat Mila wirklich sehr leid. Normalerweise wurde trotz Tamaras strenger Art immer viel gelacht und gewitzelt. Aber inzwischen schwiegen alle lieber – als fürchteten sie, das Lachen könne Jakob noch trauriger machen.

In dieser Stunde widmete Tamara sich ganz den Paraden. Zuerst ritten Michel und Nele, bei ihnen klappte alles gut. Mila jedoch war etwas nervös – und bekam prompt die Quittung.

„Mila, achte bitte auf deine Haltung. Erst den Rücken aufrichten. Wie soll Adesso denn reagieren, wenn du dich so verkrampfst?"

Mila richtete sich auf. Sie versuchte, durch tiefes Atmen ihren Oberkörper zu stabilisieren.

„Nicht die Schultern versteifen. Du zerrst am Zügel. Miiila!" Tamara klang genervt. Mila fühlte sich fürchterlich. Je mehr sie sich bemühte, desto mehr verkrampfte sie sich.

„Genug für dich, danke", seufzte Tamara.

Mila stöhnte. „Verdammt", murmelte sie, als sie zurück zur Gruppe kam.

„Mach dir nichts draus, nächstes Mal klappt es besser", tröstete Charly sie.

Nun war Jakob dran. Er ritt lustlos zu Tamara und gehorchte zwar ihren Anweisungen, zeigte aber keinerlei Motivation, sich besonders anzustrengen.

„Komm, Jakob, das kannst du besser", rief Tamara. „Du bist auch Vorbild für die anderen, die sollen von dir lernen. Also noch mal."

Jakobs Blick wurde grimmiger.

„Jakob", fuhr Tamara fort. „Seit wann hebst du denn das Knie? Aus der Hüfte", schimpfte sie.

Da lenkte Jakob seinen Fuchs einfach zur Seite und verließ den Platz.

Tamara sah ihm nach – wieder mit einem sehr ernsten Gesichtsausdruck.

Mila kaute auf einer Haarsträhne. „Verflixt, ist das furchtbar."

„Ja, man kann gar nicht hinsehen, er tut mir so leid!", meinte Charly.

Tamara brach das Training ab. „Das genügt für heute", sagte sie. „Die Pferde werden nervös. Vielleicht reiten diejenigen, die jetzt nicht dran waren, ein bisschen aus und üben allein."

„Und Charly muss nicht?“, fragte Nele empört.

Tamara schüttelte den Kopf und ging Jakob hinterher.

„Na, das war ja klar“, zischte Nele sauer. „Erst das Wochenende gewinnen und dann hier auch noch Extrawürste bekommen.“

Mila runzelte die Stirn. Wenn Nele schlecht gelaunt war, sagte sie oft verletzende Dinge, und Mila wollte nicht, dass sie mies zu Charly war. „Jetzt mach mal halblang, Nele“, sagte sie mahnend.

Nele schnaubte. „Von wegen. Andere müssen sich quälen und hart trainieren, aber manche Leute bekommen alles in den Hintern geschoben. Ist ja kein Wunder bei dem Stammbaum, was?“ Aufgebracht trieb sie Fairy an und nahm Kurs auf den Reitweg, der hinter dem Internat entlangführte.

„Was hat sie denn?“, fragte Mila verwundert.

Charly hob die Schultern. „Ach, wer weiß das schon. Vermutlich wegen des Reittraining-Wochenendes.“

Mila schmunzelte. „Vielleicht aber auch, weil du mit deinem gestreiften T-Shirt hier die perfekte Zielscheibe bist!“

Na endlich, Charly grinste. Mila seufzte erleichtert, dann brachten sie gemeinsam ihre Pferde in den Stall.

Dort hockte Milas Cousine Tini vor ihrem Lieblingspony Renate und fummelte an dessen Maul herum.

„Was machst du denn da?“, fragte Mila.

Tini stand auf und stemmte die Hände in die Hüften. Das sah so niedlich aus, dass Mila sie hätte küssen können. Sie hatte wirklich die putzigste Cousine der Welt.

Tini schaute Renate streng an und schüttelte den Kopf. Sie liebte das gescheckte Pony über alles. Was für ein Glück, dass Mila es bei ihrer Ankunft im Internat mitgenommen hatte, um Adesso zu beruhigen. Dass Renate dann wirklich auf *Inselglück* hatte bleiben dürfen, verdankte sie Tini, deren innige Liebe auch Frau Steinbach gerührt hatte. Tinis liebste Freizeitbeschäftigung war es, Renate zu verkleiden und kleine Theaterstücke mit ihr einzustudieren.

„Denkt ihr, man kann einem Pony mit viel Training beibringen, das Maul immer auf- und zuzumachen?“, fragte Tini.

„Kein Problem“, meinte Charly.

„Echt?“ Tini strahlte sie an.

Charly reichte Mila Vanillas Zügel und griff in ihre Tasche. Sie holte einen Apfel hervor, legte ihn sich auf die flache Hand und hielt diese vor Renates Nase, die sofort brav das Maul öffnete. Dann zog Charly ihre Hand zurück. Überrascht schloss Renate ihr Maul wieder. Erneut schob Charly ihre Hand vor – und das Pony öffnete die Lippen.

Mila lachte laut los.

„Sehr witzig“, maulte Tini. Sie nahm Charly den Apfel aus der Hand und reichte ihn Renate.

„Warum soll sie denn das Maul abwechselnd öffnen und schließen?“, fragte Mila neugierig.

Tini zögerte. „Na … sie soll blubbern. So, als ob sie unter Wasser ausatmet. Unser nächstes Theaterstück spielt nämlich im Meer!“

Nun konnten Mila und Charly nicht mehr an sich halten vor Lachen.

Beleidigt hob Tini den Kopf und führte Renate die Stallgasse entlang. „Pah, ihr Banausen“, sagte sie.

Mila hätte ihr gern nachgerufen, dass es nicht böse gemeint war, aber sie konnte einfach nicht aufhören zu lachen – selbst als Tini den Stall schon längst verlassen hatte.

Die Neue

Mitten im Unterricht von Herrn Green klopfte es.

„Come in“, rief der freundliche Englischlehrer.

Die Tür öffnete sich, und ein Mädchen trat ein, das Mila noch niemals gesehen hatte. Ob die aus den höheren Jahrgängen kam? Sie sah älter aus und sollte sicher etwas holen. Mila beugte ihren Kopf wieder über ihr Buch.

„Guten Morgen, ich bin Yasmin. Die Neue“, sagte das Mädchen laut und selbstbewusst.

Mila sah erneut auf. Yasmin strahlte und sah gewinnend von einem zum anderen. Ihr Lächeln war so ansteckend, dass bald die ganze Klasse zurückgrinste.

Herr Green schmunzelte. „Na, dann such dir einen Platz, Yasmin. Vielleicht ganz hinten neben Jakob?“

Mila sah, wie Jakob zusammenzuckte. Sein Blick verdüsterte sich. Oh nein, dachte sie. Jetzt sitzt die Neue auch noch auf Marks altem Stuhl. Rasch stand sie auf. „Hier ist auch noch Platz!“ Sie deutete auf den Tisch links neben sich.

Yasmin sah kurz von Jakob zu Mila und entschied sich dann offenbar für die fröhlichere Variante. Jakob warf Mila einen dankbaren Blick zu.

Mister Green fuhr mit seinem Unterricht fort und so konnte Mila ihre neue Mitschülerin verstohlen betrachten. Yasmin hatte blonde, sehr geschickt hochgesteckte Haare. Sie war leicht geschminkt – aber man sah es kaum. Sie trug schlichte Kleidung in pastelligen Farben. Gewiss Markensachen, Mila kannte sich da nicht so aus. Aber es wirkte alles recht teuer. Dennoch steckte Mila sie gedanklich noch nicht in die „Reiches-Modepüppchen-Schublade“, denn sie strahlte eine ungeheure Offenheit aus. Mila kam es vor, als könnte sie die positiven Schwingungen geradezu spüren.

Und wirklich, gleich in der nächsten Pause nahm Yasmin alle für sich ein.

„Was für eine tolle Stimmung hier herrscht – ich bin ganz überrascht“, plauderte sie unbeschwert drauflos. „Natürlich habe ich gehofft, auf nette Leute zu treffen, aber ihr wirkt echt wie eine super Klasse. Wer von euch ist denn von der Insel?“

Charly und Mila sahen sich überrascht an. Die Neue hatte ja überhaupt keine Startprobleme! Charly deutete mit dem Kopf zur Seite und Mila folgte ihr zu einer Bank, die in der Sonne stand.

„Unglaublich, so ein Selbstbewusstsein möchte ich auch mal haben“, meinte Mila. Sie schloss die Augen und reckte ihr Gesicht in die warmen Sonnenstrahlen.

Charly kicherte. „Das ist das Lächeln der Adligen.“

Mila öffnete ein Auge. „Was?“

„Na, so sicher kann nur jemand sein, der immer alles kriegt – ob es nun Klamotten oder Freunde oder Einsen sind.“

Jetzt sah Mila ihre Freundin irritiert an. „Wie meinst du denn das?“

Charly wurde rot. „Fies, glaub ich“, gab sie zu. „Yasmin ist reich, das sieht man ja sofort. Und die haben es eben meist leicht.“

„Aber du doch auch“, warf Mila ein. Charly hatte stets teure Klamotten und die besten Pferdeutensilien. Mila hatte kein Problem damit, aber wie konnte Charly über das meckern, was sie selbst betraf?

Charly musste lachen. „Ja, ich auch." Sie atmete tief durch. „Ich glaube, es nervt mich, dass es bei Yasmin zu Selbstbewusstsein geführt hat, bei mir aber nicht."

Mila grinste. „Ich find's gut, wie du bist", sagte sie. „Nett und überhaupt nicht eingebildet. Ein bisschen dumm vielleicht …" Sie stand rasch von der Bank auf und lief langsam rückwärts. „… aber das macht mir nichts."

„Na warte", rief Charly und rannte los.

Glücklich lachend, kamen sie in die Klasse zurück. Und Mila war wieder einmal sehr froh, so eine tolle beste Freundin zu haben.

Nach der Schule nahmen alle die Neue in Beschlag. Im Stall staunten sie über ihr Pferd, einen großen braunen Hannoveraner. Natürlich hieß er Goldfever, wie eines der erfolgreichsten Springpferde der Geschichte.

„Boah, ist der schön", staunte Mila neidlos. Es war ein makelloses Pferd mit wunderbar glänzendem Fell.

Yasmin bedankte sich für all das Lob und ging dann von Box zu Box, um die Pferde der anderen Schüler kennenzulernen. Mila bewunderte, wie leicht sie zu allen etwas Positives sagen konnte. Am Ende war jeder überzeugt, das beste Pferd des Internats zu besitzen.

Bei Charlys Pferd hielt Yasmin kurz inne und betrachtete die wunderschönen Stickereien auf der Decke, die über der Boxentür hing. Sie drehte sich zu Charly. „Das ist dein Pferd? Irgendwie habe ich das Gefühl, dich zu kennen. Du mich auch?"

Charly schüttelte den Kopf. „Nicht, dass ich wüsste."

Yasmin nickte nachdenklich und wandte sich nun Tini zu, die natürlich gleich Renate geholt hatte, um sie stolz vorzuzeigen. Wie zu erwarten, war auch sie bald begeistert von Yasmin.

„Die scheint doch gut zu uns zu passen", flüsterte Mila ihrer Freundin zu.

„Abwarten", meinte Charly nur.

Es war ein so wundervoller Tag, dass sie Luke dazu überreden konnten, statt der Reitstunde am Nachmittag einen Ausritt an den Strand zu machen. Der Reitlehrer stimmte zu, dass es allen sicher guttun würde, einmal den stressigen Alltag hinter sich zu lassen.

So trabten sie langsam hintereinander die Dünenwege entlang bis ans Meer.

„Wie wundervoll", rief Yasmin, als sie die rauschenden Wellen erblickte.

Mila lenkte Adesso zu Black Velvet hinüber. „Franzi", sagte sie leise. „Wie ist es denn so mit der Neuen in einem Zimmer?"

Franzi lächelte. „Total nett. Ich habe nur die schwarze Folie von den Fenstern genommen, damit mehr Licht reinkommt. Das ganze andere schwarze Zeug habe ich gelassen. Ich dachte, dass ich zumindest die dunklen Poster der Death-Metal-Bands abhängen muss, aber für Yasmin ist das gar kein Problem. Sie kannte sogar zwei davon!"

Mila hob erstaunt die Augenbrauen. Franzis finsterer Musikgeschmack trieb allen anderen hier die Tränen in die Augen, und ganz sicher hatte niemand jemals einen Namen dieser Bands gehört – außer von Franzi selbst.

„Sie ist echt sympathisch", schwärmte Franzi. Auf einmal richtete sie sich auf. Mila bemerkte die Anspannung in ihrem Körper und folgte Franzis Blick. Ganz vorne ritt Yasmin jetzt neben Luke. Der Natural-Horsemanship-Lehrer war Franzis heimlicher Schwarm und vermutlich schlich sich gerade ein kleiner eifersüchtiger Gedanke in ihren Kopf ein.

„Franzi, er muss sie kennenlernen", versuchte Mila, ihre Freundin zu beruhigen. Franzi nickte, aber ihr Blick blieb weiter starr nach vorne gerichtet.

Mila ließ sich wieder zurückfallen, bis sie neben Charly reiten konnte.

„Herzschmerzalarm?“, fragte Charly.

Mila nickte.

„Na, das kann ja heiter werden“, meinte Charly. „Sicher wird jedes Mädchen der Schule eifersüchtig, wenn Yasmin mit dessen Freund spricht.“

Mila dachte an Jan und runzelte die Stirn. Würde sie dann auch eifersüchtig werden? War er überhaupt schon ihr Freund? Woher wusste man das eigentlich?

Zu weiterem Nachdenken kam sie nicht, weil sie am Wasser angekommen waren und durch die Gischt ritten. Mila blieb ein Stück zurück, um etwas allein zu sein und mit allen Sinnen spüren zu können, wie ihr der Wind ins Gesicht blies und die Wassertropfen ihre Haut kühlten. In diesem Moment war sie sich sicher, dass Adesso das Gefühl der Freiheit genauso sehr genoss wie sie.

Pause machten sie auf dem Isländergestüt der Insel. Milas Herz klopfte, denn Jan war schließlich der Sohn der Besitzerin Anna, die sie mit offenen Armen begrüßte.

„Da seid ihr ja“, jubelte sie. „Ach, ich hab’s so gern, wenn viele Pferde kommen!“

Sie streichelte und liebkoste jedes Pferd einzeln und bestaunte auch den neuen Goldfever gebührend. Mila und Charly halfen ihr, Wassereimer für die Pferde heranzuschleppen. Als alles fertig war, scheuchte Anna sie zu den anderen, die schon an den Holztischen saßen und Maracujaschorle tranken. Mila hielt nach Jan Ausschau. Ob er nicht da war? In diesem Augenblick kam er aus dem Haus, mit einem Tablett voller Schnittchen – und mit Yasmin. Sie lachten und scherzten.

Mila zuckte zusammen. Dann schüttelte sie sich. So ein Blödsinn. Sie hasste es, wenn Mädchen grundlos eifersüchtig waren!

Fröhlich schritt sie auf Jan zu. „Hallo!"

„Hey, Mila!" Jans Augen leuchteten, als er sie erblickte. Das tiefe Blau nahm Mila fast den Atem. Als Jan nach ihrer Hand griff und sie zu einem freien Platz zog, war Yasmin bereits vergessen.

Nach einer halben Stunde mit vielen lustigen Unterhaltungen mahnte Luke jedoch zum Aufbruch.

Nur ungern zog Mila ihre Hand aus der von Jan. „Wollen wir morgen Nachmittag im Meer schwimmen?", fragte Jan leise. „Freitags ist doch nur kurz Reitstunde, oder?"

Mila nickte. „Ich komme um vier", versprach sie. Ihr Herz klopfte wie wild, als sie zu Adesso hinüberlief. Gleich morgen würde sie Jan wiedersehen!

Auf dem Rückweg gesellte Michel sich zu Mila. Obwohl er eigentlich einer ihrer besten Freunde war, hatten sie sich seit dem Turnier kaum gesehen. Michel nahm erst seit Kurzem am Training teil – er durfte das Schulpferd Pferdinand reiten, das derzeit keinem Schüler zugeordnet war. Und ab dem nächsten Schuljahr würde er ein Stipendium für *Inselglück* erhalten. Michels Vater war der Stallmeister des Internats und auch Michel war meist im Stall zu finden – er liebte Pferde über alles und hatte einen unglaublichen Draht zu ihnen.

Nun lächelte er Mila freundlich an. „Na, machen du und Jan jetzt nur noch auf Pärchen?", fragte er.

Mila sah ihn prüfend an. War das nur eine Frage oder doch schon Kritik? Mila war sich nicht ganz sicher.

„Nein, eigentlich nicht", antwortete sie und nahm sich gleichzeitig vor, sich in Zukunft nicht wieder abzusondern, wenn sie mit mehreren etwas unternahm. „In letzter Zeit war nur so viel los. Meine Eltern waren doch zu Besuch hier", erklärte sie.

Michel nickte. „Ich weiß. Die sind echt nett, ich mag sie. Überhaupt nicht von oben herab wie viele der anderen Eltern. Und unglaublich, wie gut dein Vater sich mit allem auskennt. Er ist früher wohl selber viel geritten?"

„Ja, er war richtig gut, glaube ich. Aber er reitet schon lange nicht mehr. Ärzte haben ja nie Zeit."

Sie schwatzten eine Weile miteinander, dann deutete Michel plötzlich auf Franzi, die vor ihnen ritt. Sie machte ein sehr unglückliches Gesicht. Sofort suchte Mila Luke und entdeckte, dass Yasmin schon wieder neben ihm ritt. Offenbar war sie ein Small-Talk-Talent, denn Luke lachte gerade laut auf.

„Oje", entfuhr es Mila.

„Genau", sagte Michel. „Deshalb reite ich jetzt vor und ziehe Yasmin mal von Luke ab. Kümmerst du dich um Franzi?"

Mila nickte. „Danke, Michel." Unglaublich, was Michel alles mitbekam. Mila hatte nicht geahnt, dass er von Franzis Schwärmerei wusste. Sie trabte näher zu Franzi und sah Michel nach. Er war so unglaublich nett. Sie musste wirklich wieder mehr mit ihm unternehmen!

Ein Schwan unter Fischen

Mila konnte kaum erwarten, dass der Freitagvormittag endlich vorüberging. Irgendwann war endlich die letzte Stunde vorbei und sie stürzte geradezu in den Speisesaal, wo sie im Schnelltempo eine große Portion Spaghetti bolognese verschlang.

„Hey, Mila, schalt mal den Turboantrieb wieder aus", rief Charly lachend. „Da kann man ja richtig Angst bekommen!"

Mila schmatzte. „Ich muss gleich noch weg!" Sie grinste. „Außerdem ist dieser Nudelkram das Beste, was Frau Käthe je gemacht hat!"

Die Köchin wusste genau, was ihre Schüler mochten – deshalb gab es jede Woche mindestens einmal Bolognese.

Charly räusperte sich. „Na ja, aber was ist denn mit Manieren und so?"

Seufzend zog Mila eine letzte Spaghetti schlürfend in den Mund, setzte sich dann gerade hin und tupfte mit einer Serviette ihren Tomatensoßen-Mund ab. „Besser?“

Charly nickte großzügig.

„Ach, da kommt es wieder durch, was?“, bemerkte Nele bissig.

Mila spürte, wie es in ihr brodelte. „Was, Nele?“, zischte sie. „Sag es ruhig lauter. So, dass alle es hören können. Was willst du von Charly?“

Nele zog erschrocken den Kopf ein und Charly legte Mila rasch beruhigend die Hand auf den Unterarm. Hier kannten alle die Wut-Explosionen, die Mila manchmal überkamen. Wenn ihr etwas ungerecht vorkam, konnte sie ihren Ärger kaum zügeln und sagte oft Dinge, die sie später bereute.

Das muss ich wirklich in den Griff bekommen, dachte Mila, als sie sich wieder setzte. Doch einen letzten funkelnden Blick warf sie Nele noch zu. Wenn die sich mit Charly anlegte, konnte sie sich auf etwas gefasst machen. Mila verstand zwar nicht, was Nele mit ihrer Bemerkung gemeint hatte, aber sie wusste sehr wohl, dass es nicht freundlich gewesen war.

Wegen dieser ganzen Zickerei hatte Mila doch glatt

vergessen, weshalb sie die Nudeln so hinuntergeschlungen hatte: Sie wollte doch zu Jan! Und vorher musste sie noch ein Referat vorbereiten und Adesso fertig machen und … Himmel, schon kurz nach zwei! Mila hastete los.

Es war Viertel nach vier, als Mila endlich auf dem Isländerhof ankam. Sie war schnell geritten und daher völlig verschwitzt. Kurz versuchte sie noch, ihre Haare mit den Fingern ein wenig zu bändigen, aber dann gab sie es auf. Jan kam ihr schon entgegen.

„Da bist du ja“, rief er fröhlich.

Mila saß ab und Jan führte Adesso auf die Wiese. Die putzigen kleinen Isländer kamen sofort angaloppiert und beschnupperten Adesso neugierig. Was für ein Glück, dass er ein so ruhiger und gutmütiger Kerl war! Irgendwann schnaubte er und drehte sich ein wenig, da liefen die Isländer schnell wieder davon.

Mila lachte. „Wie ein König mit seinen lustigen kleinen Hofnarren“, fand sie und drehte sich zu Jan.

Dessen Blick ruhte auf ihr. Hatte er sie schon länger angesehen? Mila spürte, wie ihre Wangen sich rot färbten.

Jan lächelte. „Komm, wir gehen baden“, sagte er und nahm Milas Hand. Sie ließ sich gern mitziehen.

Vom Gestüt aus mussten sie nur einen kleinen Pfad durch die Dünen entlanglaufen und dann über einen Weg aus Holzbohlen gehen. Schon lag das Meer unendlich blau und weit vor ihnen. Nur ganz kleine Wellen wühlten das Wasser auf und zauberten weiße Schaumkronen, die in der Sonne glitzerten. Heute gab es kaum Algen und auch keine Quallen. Ein Glückstag fürs Baden.

Jan ließ seinen Rucksack in den Sand fallen, streifte T-Shirt und Shorts ab und rannte aufs Meer zu. „Komm!", rief er.

Schnell schlüpfte auch Mila aus ihren Kleidern und rannte ebenfalls los. Sie tobten im Wasser herum und spritzten sich nass. Danach schwammen sie ein Stück. Zurück am Strand, suchten sie zuerst Muscheln, dann spielten sie, halb im Wasser stehend, Volleyball. Nach einer Stunde plumpsten sie erschöpft auf ihre Handtücher und ließen sich von der Sonne trocknen.

Jan kramte zwei Brotdosen aus seinem Rucksack.

„Hat Anna dir was eingepackt?"

Jan schob beleidigt die Unterlippe vor. „Könnte es nicht sein, dass *ich* das gemacht habe?", fragte er und öffnete eine der Dosen. Darin lagen, hübsch drapiert, Käsewürfel auf einem Salatblatt, Tomaten-Basilikum-Spieße und Radieschenscheiben.

Mila grinste. „Niemals."

Sie steuerte aus ihrer Tasche Eistee und Salzbrezeln bei, die Frau Käthe ihr netterweise gegeben hatte.

Schweigend mummelten sie vor sich hin.

Schließlich sagte Jan leise: „Es ist schön mit dir." Er räusperte sich. „Ich meine – es macht Spaß, und es ... es macht mich glücklich. *Du* machst mich glücklich."

Mila schluckte. Die Kribbelblasen in ihrem Magen blubberten. „Du mich auch", flüsterte sie und legte ihren Kopf auf seinen Arm. Dann waren sie also offiziell Freund und Freundin? Pärchen, wie Michel es nannte? War das überhaupt wichtig?

„Meine Freundin", murmelte Jan.

Mila lächelte. Jetzt war alles klar.

Als Mila in den Stall zurückkam und Adesso in seine Box führte, konnte sie die Anspannung fast greifen. Was war hier los? Sie hörte Herrn Gründgen rufen: „Ihr geht jetzt erst einmal nach draußen und beendet diesen Streit. Ihr macht die Pferde ganz nervös." Der Stallmeister klang streng.

Mila zog verwundert eine Augenbraue hoch, als Nele wütend an ihr vorbeistampfte. Kurz darauf schlich Charly bedrückt hinter ihr her. Mila öffnete die Box und zog Charly zu sich hinein.

„Duck dich", flüsterte sie.

Charly hockte sich ins Stroh, während Mila wartete, bis Herr Gründgen die Bürotür hinter sich zuzog. Dann wandte Mila sich an Charly.

„Was ist denn los? Darf ich Nele eine verpassen? Soll ich sie mit Pferdeäpfeln bewerfen? Oder einen in ihr Bett legen?"

Charly lächelte müde. „Ich halte das nicht mehr lange aus", flüsterte sie.

Mila erschrak. „Was hältst du nicht aus? Was ist denn?"

Charly zuckte mit den Schultern. „Ach nichts."

Mila sprang auf. „Immer sagst du nur ‚Ach nichts'", brauste sie auf. „Bin ich deine Freundin oder was? Das ist total enttäuschend."

Charly sah sie kurz traurig an – sehr traurig –, dann ging sie wortlos aus der Box und verschwand.

Mila stöhnte. Blödes Temperament!

„Mensch, Adesso", seufzte sie. „Wann krieg ich das endlich hin? Jetzt habe ich meine traurige Freundin noch trauriger gemacht. Super, Mila.“ Sie schmiegte sich an Adessos warmes Fell. Sein Geruch tröstete sie sofort. Der Hengst schob seinen Kopf leicht in ihre Richtung – als wolle er sie in den Arm nehmen. „Danke, Süßer“, flüsterte Mila.

Plötzlich schaute ein dunkler Wuschelkopf über den Boxenrand. „Hey, Mila, alles okay?“

Michel betrachtete sie aufmerksam.

„Nein, gar nicht“, antwortete Mila. „Weißt du zufällig, was mit Charly und Nele war?“

Michel zog die Stirn kraus. „Ja, aber ich habe es nicht so ganz kapiert. Nele hat irgendwas von Betrug gemurmelt und Charly eine Lügnerin genannt. Daraufhin hat Charly geschrien, dass es kein Betrug ist und sie nicht lügt, sondern nur die Wahrheit verschweigt. Und Nele meinte dann wieder: Das ist trotzdem lügen.“ Michel schüttelte den Kopf. „Die waren richtig sauer. So hab ich Charly noch nie gesehen, sie ist ja sonst eher der sonnige Typ.“

Mila stimmte ihm zu. Charly war meistens ruhig und regte sich selten über etwas auf. Mila fand manchmal, dass sie zu viel hinnahm. Aber war das nicht Charlys

Sache? Doch wenn ihre beste Freundin ein Problem hatte … „Ich würde ihr gern helfen“, murmelte sie.

Michel öffnete die Tür. „Geh nur“, meinte er. „Ich kümmere mich um Adesso.“

„Ehrlich?“, fragte Mila verwundert.

„Na klar. Du weißt doch, ich liebe Adesso.“

Mila grinste. Michel liebte alle Pferde.

„Danke“, sagte sie und sprintete los.

Sie fand Charly schließlich im Gemeinschaftsraum, doch im selben Moment ertönte der Gong für das Abendbrot. Mila wartete an der Tür auf Charly.

„Hey, Pferdemädchen“, rief sie fröhlich. „Tut mir leid – ich wollte nicht …“

Charly lächelte. „Schon gut. Du hast ja recht. Ich nehme mir fest vor, mich zu bessern.“

Sie hakte sich bei Mila unter und zog sie in den Speisesaal.

Mila war verwirrt. Charly war wie ausgewechselt. Sie lachte und plauderte. Es war, als hätte Mila nur ein Mal ganz kurz unter ihren Schutzmantel schauen dürfen – doch nun hatte ihre Freundin sich wieder im Griff. Mila wusste allerdings nicht, ob das wirklich gut war …

Während des Abendessens sah Yasmin immer wieder zu Charly herüber. Mila fing langsam an, sich zu ärgern. Mussten denn heute alle ihrer Freundin auf den Keks gehen? Plötzlich hellte sich Yasmins Gesicht schlagartig auf. „Ich hab's", rief sie. „Du warst bei der Hochzeit von Sofia und Carl Philip! Da haben wir uns gesehen! Ich hab mit deinen Eltern gesprochen, sie waren …"

„Nein", sagte Charly laut. „Das muss ein Irrtum sein."

„Wer ist denn Carl Philip?", fragte Mila.

Yasmin lachte. „Na, der schwedische Prinz. Liest du etwa keine Klatschblätter?"

Mila schüttelte den Kopf. „Ne, ich hab's nicht so mit Prinzen und dem königlichen Zeug. Das ist mir zu albern. Wen interessiert das schon?"

Der Stuhl neben ihr knallte mit riesigem Getöse auf den Boden. Erschrocken drehte Mila den Kopf und sah gerade noch, wie Charly aus dem Speisesaal rannte. Verflixt. Was hatte sie nun wieder gesagt? Mila stand auf, um Charly nachzueilen, da mahnte Frau Steinbach mit lauter Stimme: „Alle bleiben sitzen, bis das Abendessen vorüber ist. Ich kümmere mich um Charlotte. Mila, heb bitte ihren Stuhl auf." Danach verließ sie den Speisesaal.

Mila stellte seufzend den Stuhl hin.

Eine Weile aßen sie alle schweigend weiter. Dann hielt Mila es nicht mehr aus. „Könnte mich jetzt eine der beiden feinen Damen, die ja offenbar so viel wissen, darüber aufklären, was hier los ist?", giftete sie Nele und Yasmin an.

Nele presste die Lippen zusammen. Doch Yasmin erzählte arglos von der Hochzeit, auf der sie Charly getroffen hatte. „Charly hat offenbar gedacht, es ist besser zu verheimlichen, dass sie eine Prinzessin ist."

Mila schüttelte ungläubig den Kopf. „Charly ist eine Prinzessin? Eine echte?"

Yasmin lachte laut auf. „Eine waschechte. Dagegen bin ich ein kleiner Fisch im großen Adelsbecken. Charly ist einer der Schwäne – auf den übrigens viele Königsfamilien für die Fortführung ihrer Stammbäume hoffen."

Mila schwirrte der Kopf. Stammbäume? Königsfamilien? Charly? Das passte doch alles nicht zusammen. Ihre Freundin war keine feine Prinzessin. Sie machte jeden Quatsch mit, sie wurde hier behandelt wie jeder andere auch. Sie … da fiel Mila die Stickerei auf der teuren Decke ein. Die Prägungen im Sattel. Die edlen Klamotten. Dann erinnerte sie sich an Charlys feine Manieren. An diese ballettähnliche Haltung, die sie oft einnahm. An

Charlys Anspielungen auf ein strenges Zuhause. An Zwischenbemerkungen über feines Essen wie Austern …

Mila stöhnte. Hatte Yasmin etwa recht? Dann hatte Mila Charly mit ihrer Bemerkung, dass sie Königshäuser blöd fand, kräftig verletzt. Als ihr das bewusst wurde, wich jede Farbe aus ihrem Gesicht, und sie stand langsam auf.

„Mila, bitte setzen", rief irgendjemand streng.

Doch Mila konnte nicht. Mechanisch lief sie aus dem Speisesaal, den Flur entlang, nach draußen. Weiter und weiter, bis zu Charlys Zimmer.

Aber das war leer.

Reiten hilft immer

Mila suchte ihre Freundin überall. Sie rannte jeden Gang entlang, auf die Koppel, in den Stall – aber Charlys Stute Vanilla stand friedlich in ihrer Box. Charly war also nicht panisch mit dem Pferd davongaloppiert. Das beruhigte Mila etwas. Da fiel ihr das Handy ein. Sie sah nach – keine Nachricht.

Wo bist du?, tippte Mila hektisch. *Es tut mir so leid!*

Am liebsten hätte sie noch viel mehr geschrieben: dass sie schließlich nicht wusste, dass Charly eine Prinzessin war. Dass sie doch nichts gegen sie hatte und auch nichts dagegen, dass sie ein Schwan war. Oder eine Prinzessin. Oder was auch immer. Sie war doch einfach nur Milas beste Freundin. Mila wischte eine Träne von ihrer Wange. Seiner besten Freundin musste man doch vertrauen. Oder?

Mila wusste nicht weiter. Sie verkroch sich bei Adesso und legte ihr Handy auf die Holzverkleidung der Box.

„Adesso, es muss ihr gut gehen!“, flehte sie in die weiche Mähne ihres Pferdes.

Sie beschloss, die Insel abzusuchen. Wenn Charly nicht im Internat war, musste sie doch irgendwo herumirren, oder? Mila würde sie finden. Sie lief los, um den Sattel zu holen, da stürmten Isa und Franzi in den Stall.

„Hier bist du!“, keuchte Franzi. „Du brauchst nicht mehr nach ihr zu suchen.“

Mila stutzte. „Was?“

„Frau Steinbach hat uns gerade informiert, dass es Charly gut geht. Sie bleibt eine Weile bei Bekannten und kehrt erst mal nicht ins Internat zurück.“

Mila nahm ihr Handy. Verflixt, die Fähre hatte vor fünf Minuten abgelegt. Sie war zu spät. Wäre sie doch gleich losgeritten und hätte rechtzeitig an die Fähre gedacht!

Isa nahm Mila in den Arm. „Wir wussten auch alle nichts davon. Nur Nele, die Zicke. Bestimmt wollte Charly einfach mal normal sein. Wo anders hätte sie das denn gekonnt außer auf einer einsamen Insel?“

„Na ja, ganz so einsam ist es ja nicht“, brummte Mila.

Franzi legte den Finger ans Kinn. „Wisst ihr noch, wie

auf dem letzten Turnier so viele Fotos von Charly gemacht wurden? Das war bestimmt so ein Paparazzo, der auf Adelsfotos aus war."

„Na klar war er das", erklärte eine kühle Stimme. Nele näherte sich ihnen. „Meine Mutter hat mir den Artikel geschickt: Unter was für feinen Leuten ich hier doch sei!"

Mila funkelte sie wütend an. „Und da hast du nicht mit ihr drüber geredet, sondern nur fiese Bemerkungen gemacht? Das ist ätzend, Nele!"

Nele zuckte nur mit den Schultern. „Es tut arroganten, reichen Schnöseln nur gut, wenn sie mal vom Ross gestoßen werden." Sie lachte über ihren eigenen Pferdewitz.

Franzi erwiderte sofort: „Ich kenne hier nur *eine* arrogante Person."

Nele lächelte nur und ging zu Fairy.

In Mila kochte die Wut hoch. Es war erst wenige Monate her, dass sie mit Charly zusammen Neles Pferd Fairy auf die Insel geholt und Nele damit aus ihrer ständigen Traurigkeit geholt hatten. Charly hatte sich für sie ins Zeug gelegt. Und das war der Dank?

Franzi und Isa spürten Milas Zorn und zogen sie sanft aus dem Stall.

„Komm, es ist spät", meinte Franzi. „Schlaf erst einmal über die Sache. Morgen sehen wir weiter."

Mila ließ sich mitziehen. Wie in Zeitlupe ging sie in ihr Zimmer, zog sich um, putzte die Zähne und legte sich ins Bett. Doch im Dunkeln lag sie wach und starrte ins Leere. Ihr Handy gab immer noch keinen Ton von sich.

Zum Glück war am nächsten Tag viel zu tun, sodass Mila abgelenkt war und nicht immerzu an Charly denken musste. Vor dem Frühstück nahm die Direktorin Mila kurz zur Seite und riet ihr, Charly in Ruhe zu lassen. Mila müsse ihr Zeit geben, meinte sie.

Mila lächelte traurig. „Wie sollte ich sie nicht in Ruhe lassen? Ich habe ja nicht einmal ihre Adresse." Sie wusste inzwischen auch, weshalb Charly nicht auf ihre Nachrichten antwortete: Isa hatte Charlys Handy auf dem Nachttisch entdeckt.

Da Samstag war, stand zunächst ein Großreinemachen der Ställe auf dem Plan. Mila mistete aus, schob Schubkarren aus dem Stall hinaus und wieder hinein, schrubbte und wienerte und ackerte für drei.

Herr Gründgen hielt ihr ab und zu wortlos ein Glas Wasser hin, das Mila gierig austrank, bevor sie sich wieder an die Arbeit machte. Als sie fertig war, strahlte nicht nur Adessos Box, auch der Sattel und ihre Reitstiefel glänzten.

„Mittagessen", rief Michel irgendwann und bugsierte Mila aus dem Stall.

Mila duschte kurz und aß dann schweigend mit den anderen. Die ließen sie in Ruhe und schoben ihr nur mitfühlend alle Schokonachtische herüber. Sogar Jakob warf ihr einen aufmunternden Blick zu – obwohl er selbst sonst derjenige war, der am düstersten dreinschaute.

Kurz vor Ende des Essens kam Luke zu ihnen herüber. Er beugte sich zu Mila hinab. „Wie wäre es mit einer extra Reitstunde für dich?"

Mila sah ihn erstaunt an. „Warum?"

Luke lächelte. „Frau Steinbach meinte, du könntest etwas Ablenkung gebrauchen. Außerdem macht das schön müde, da kannst du heute Abend viel besser schlafen."

Mila wurde rot und nickte. Ihre dunklen Augenringe verrieten offenbar, dass sie heute Nacht kaum ein Auge zugemacht hatte.

Also machte sie Adesso direkt nach dem Essen fertig und sattelte ihn. Sie griff nach ihrem Reithelm und führte den Hengst auf die Koppel.

Dort wartete Luke bereits auf sie. Er schmunzelte.

„Ich habe ganz vergessen, dir zu sagen, dass du keinen Sattel brauchst“, rief er ihr entgegen.

Mila sah ihn verwirrt an. „Ich dachte, wir machen Einzeltraining“, entgegnete sie. Oder sollte sie Adesso nur herumführen?

„Stimmt auch“, antwortete Luke. „Aber heute ohne Sattel.“

Milas Augenbrauen wanderten in die Höhe. Was war das nun wieder? Luke überraschte einen auch immer aufs Neue. Na gut, dann hievte sie den schweren Sattel eben wieder herunter. Luke half ihr dabei.

„Auch die Trense kann ab“, meinte er.

Mila zögerte. Natürlich war sie auch schon mal ohne Sattel auf Adesso geritten – aber ohne Trense und dann noch beim Training? Als sie Adesso die Trense dennoch abnahm, schüttelte er erfreut seine Mähne aus.

„Na, dir gefällt’s, was, Großer?“, flüsterte Mila.

Nun drückte Luke ihr einen festen Ring aus Sisal in die Hand, ein starres, rundes Tau.

„Ach, davon habe ich schon mal gehört“, murmelte Mila.

Luke nickte. „Ein Halsring. Auch ohne Sattel und

Trense müssen Adesso und du eine perfekte Einheit bilden. Der Halsring hilft euch dabei, denn die Hilfen, die du gibst, werden nicht durch die Materialien verstärkt. Adesso hat ein feines Gespür – es liegt also an dir, ihm gute Hilfen zu geben."

Mila fröstelte leicht. Oje, hoffentlich ging das nicht schief!

„Keine Angst", meinte Luke, der ihre Unsicherheit bemerkte. „Ich lass dich doch nichts Gefährliches machen."

Das beruhigte Mila. Luke erklärte ihr, wie sie Adesso durch leichte Berührung gegen seinen Hals Signale geben konnte. Dann bat er sie aufzusteigen. Mila sah sich nach einem Hocker um.

„Versuch's mal ohne Aufstiegshilfe", schlug Luke vor.

Mila lachte. Adesso hatte ein Stockmaß von 1,70 Meter.

Doch Luke blieb ernst. „Seitlich hinstellen, in die Mähne greifen, Schwung holen. Mit dem Oberkörper auflehnen und das obere Bein hinüberschwingen."

Mila holte tief Luft. Wenn es denn sein sollte … Adesso wartete geduldig. Mila klopfte ihm noch einmal auf den Hals, dann ging sie in die Knie und … platschte wie ein nasser Sack gegen Adesso. Er schnaubte.

Luke musste grinsen. „Sorry, zu Anfang sieht es einfach zu lustig aus. Gleich noch mal."

Mila seufzte ergeben. Sie versuchte es noch einmal und ein drittes Mal.

„Mila, wenn du nicht glaubst, dass du es schaffst, wird das auch nichts", meinte Luke schließlich. „Sieh nicht auf den Boden. Schau dorthin, wo du hinmöchtest."

Und da regte sich Milas Ehrgeiz. Also wirklich, das musste doch zu schaffen sein. Sie griff in die Mähne, federte einmal in den Knien und sprang hoch. Geschafft! Mila strahlte. Sicherlich hatte es nicht sehr elegant ausgesehen, aber was soll's? Sie lobte Adesso. Der wollte offenbar endlich loslegen, denn er wurde zappelig.

Luke zeigte Adesso den Halsring und ließ ihn daran schnuppern. Dann reichte er ihn Mila. „Ganz langsam, im Schritt. Denk an deine Haltung."

Mila bemühte sich um eine perfekte, aber entspannte Haltung. „Los, Adesso", flüsterte sie. Der große Hengst reagierte sofort auf ihre Hilfen. Langsam setzte er sich in Bewegung. Er lief so achtsam, als wolle er Mila alle Zeit geben, sich einzugewöhnen. Mila spürte jeden Muskel von Adesso – und was noch schöner war: Seine Wärme übertrug sich auf sie und vermittelte ihr nicht nur Sicherheit, sondern schuf eine innige Verbindung zwischen ihnen. Sie fühlte sich ihm unglaublich nah.

Luke ließ sie Kurven und Kreise laufen. Später stiegen sie über Stangen und Mila brachte ihr Pferd sogar kurz dazu zu traben. Sie bemühte sich so sehr, alles perfekt zu machen, dass sie schließlich komplett fertig und durchgeschwitzt war. Adesso dagegen wirkte recht entspannt.

Luke ließ sie absitzen. „Training vorbei", sagte er. „Gut gemacht, Mila."

Mila ächzte. „Ich brauche dringend eine heiße Dusche. Adesso wohl eher wahrscheinlich jemanden, der ihn endlich fordert und mit ihm ausreitet."

Luke lachte. „Er kann ja noch ein bisschen draußen bleiben und sich austoben. Ich kümmere mich darum und bitte später Michel oder Herrn Gründgen, ihn zu striegeln."

Mila blickte erstaunt auf. Sonst mussten alle Schüler stets selbst ihre Pferde säubern und fertig machen, das war eisernes Gesetz. Dann fiel ihr wieder ein, weshalb sie heute eine Sonderbehandlung bekam – Charly!

Sie bedankte sich bei Luke und schlich betrübt in den Wohntrakt. Sie würde einfach so lange duschen, bis alle ihre Gedanken in den Abfluss gespült worden waren.

Trost für Mila

Obwohl Mila wusste, dass Charly Abstand brauchte, fiel es ihr schwer, nichts von ihrer besten Freundin zu hören. Es war doch eigentlich auch gar nichts geschehen – wovon brauchte Charly eigentlich Abstand?

Die nächsten Tage verstrichen wie in Zeitlupe. Mila stand häufig allein irgendwo herum, obwohl Franzi und Isa sich bemühten, sie aufzuheitern. Sogar Nele forderte sie ein paarmal auf, etwas mit ihr zu unternehmen. Aber Mila sonderte sich immer mehr ab und versuchte nachzudenken. Sie wollte herausfinden, was eigentlich mit Charly los war …

Immer, wenn das Gedankenkarussell von Neuem anfing, sich zu drehen, flüchtete Mila zu Frau Käthe in die Küche. Es beruhigte sie, die runde Köchin herumwirbeln zu sehen. Außerdem bekam sie stets etwas Leckeres zum

Knabbern. Und erzählen konnte Frau Käthe auch gut. Bald fühlte Mila sich in der Küche so getröstet, dass sie ihre ganze Freizeit dorthin verlegte. Schließlich sagte Frau Käthe: „Mila, ich find's ja toll, dass du hier bist, mein Mädchen. Aber ich denke, du könntest mir auch mal ein bisschen helfen."

Begeistert sprang Mila vom Hocker. „Was denn?"

Frau Käthe hatte jede Menge zu tun für ihre Hilfsköchin. Es gab zwar nervige Aufgaben wie Kartoffeln schälen oder Kirschen entsteinen, aber auch interessante Dinge wie Pizzen belegen, Soßen abschmecken oder Muffins verzieren. Nach einer Weile entdeckte Mila viele Dinge, die sie begeisterten – zum Beispiel Rosen aus Radieschen schnitzen oder neue Variationen von Ofenpommes kreieren: aus Süßkartoffeln, aus Äpfeln, aus Sellerie …

In den nächsten Tagen stand Mila nun regelmäßig neben Frau Käthe in der Küche. Die geschäftige Küchenatmosphäre gefiel ihr und das ständige Geschirrgeklapper war besser als die vielen mitleidigen Fragen ihrer Mitschüler. Sie hatte sich aus allen anderen Freizeitaktivitäten zurückgezogen und nicht einmal mehr etwas mit Jan unternommen. Sie sah ihn immer nur in den Schulpausen. Und selbst dort war einer von ihnen beiden oft beschäftigt. Deshalb beschloss sie, nachmittags einen Ausritt mit Adesso zu machen – zum Isländerhof, um Jan zu besuchen. Nach Englisch fing sie ihn im Klassenzimmer ab.

„Hey, Jan!“ Mila strahlte ihn an und Jan legte ihr den Arm um die Schultern.

„Hi, Mila. Alles kapiert in Englisch?“

„Wie? Ja klar. Du, sag mal, ich wollte heute mit Adesso einen längeren Ritt machen – kann ich dich am Ende besuchen? Adesso könnte sich wieder bei den Isis tummeln und wir könnten etwas Zeit zusammen verbringen.“

Jan ließ den Arm von ihrer Schulter rutschen. Sein Blick wurde unruhig. „Ich – äh, heute ist es ganz schlecht. Ich muss noch – Englisch lernen. Und so andere Sachen. Lass uns lieber irgendwann hier treffen – ich kann ja mal kommen, okay?“

Er nickte Mila halbherzig lächelnd zu und deutete mit dem Kopf zu den anderen Jungs aus der Klasse. „Ich hab gesagt, ich geh mit denen was zu trinken holen, sorry. Bis später!“

Was für eine kalte Dusche! Mila fühlte sich wie erstarrt und blickte Jan fassungslos hinterher. Was war das denn gewesen? Ein Korb. Ein richtiger Korb. Machte man so was, wenn man mehr als einfach nur befreundet war? Er hatte sie ausgeladen! Mit dem Hinweis, dass sie ihn bloß nicht besuchen sollte. Irgendwann gelang es Mila endlich, sich vom Fleck zu rühren. Zum Glück kam Yasmin herüber und lenkte sie ab.

„Hey, Mila, hast du noch irgendwas zum Naschen da? Ich verhungere!“, bettelte sie.

Mila lächelte. Sie reichte ihr ein Kirschbonbon, den sie noch in der Tasche hatte.

„Danke!“, seufzte Yasmin und schob ihn in den Mund. „Sag mal, geht's dir schon ein bisschen besser wegen Charly?“

Mila zögerte. Sie kannte Yasmin doch gar nicht. Daher wollte sie ihr nicht von Charly erzählen. Also antwortete Mila: „Geht so. Wie ist es bei dir? Hast du eigentlich Heimweh? Warst du vorher schon in einem Internat?“

Yasmin schüttelte den Kopf. „Nein, ist das erste Mal. Das mit dem Heimweh ist schon okay. Ich kann mich immer schnell irgendwo eingewöhnen.“

Das glaubte Mila ihr sofort. Sie erzählte, wie schwer es ihr am Anfang gefallen war – weil alles so hopplahopp gegangen war.

„Das ist bei mir ähnlich“, stimmte Yasmin ihr zu.

„Wieso denn? Sind deine Eltern auch weg?“, fragte Mila.

Yasmin lachte. „Nein, meine Geschichte ist peinlicher. Schwöre, sie niemandem zu verraten!“

Mila zog erstaunt die Augenbrauen hoch. Yasmin vertraute ihr so schnell ein Geheimnis an?

Yasmin senkte ihre Stimme. „Also, ich hatte Freunde zu Hause, die meine Eltern nicht gut fanden. Ich kann das auch nachvollziehen, sie waren etwas älter als ich und so. Und eines Tages haben wir uns alle ein Piercing machen lassen. Das gab halt Ärger.“

„Ein Piercing?“, quiekte Mila. Niemals würde sie sich wieder irgendwohin stechen lassen, wenn es nicht ärztlich verordnet war. Die Ohrringe hatten damals schon höllisch genug wehgetan. „Wo?“, wisperte sie neugierig.

Yasmin beugte sich verschwörerisch vor. „Bauchnabel“, flüsterte sie.

Mila starrte auf Yasmins Bauch. Aber natürlich war ein T-Shirt darüber und man konnte nichts sehen.

Yasmin kicherte. „Ich musste es wieder rausnehmen. Na ja, das gab dann auf jeden Fall einen Höllenkrach daheim! Meine Eltern kamen zu der Überzeugung, dass sie mich nicht streng genug erziehen. Außerdem wollten sie mich aus diesem Freundeskreis weghaben, also kam ich Hals über Kopf ins Internat." Sie zwinkerte. „Aber nicht verraten!"

Mila nickte.

„Sag mal, es gibt doch ein Inselkino, oder?", wollte Yasmin dann wissen.

Mila zog eine Grimasse. „Hm, kein echtes Kino, aber am Wochenende wird meist ein Film im Kurhaus gezeigt. Ist eher unspektakulär."

Yasmin zuckte mit den Schultern. „Egal, lass uns doch zusammen hingehen. Ich finde heraus, was läuft. Was meinst du?"

Mila überlegte. „Klar, warum nicht?", sagte sie dann. Immerhin würde es sie ablenken. Sowohl von Charlys überstürzter Flucht aus dem Internat als auch von Jans Zurückweisung. Ja, Ablenkung konnte Mila wirklich gut gebrauchen ...

Nach den Hausaufgaben lief Mila wieder in die Küche, die sie inzwischen manchmal auch allein unsicher machen durfte. Heute hatte sie Lust, Pommes aus Möhren auszuprobieren.

Die anderen griffen dankbar zu, als Mila mit einer Schüssel orangefarbener Sticks in den Gemeinschaftsraum kam.

„Wer hätte gedacht, dass du eine begabte Köchin bist", staunte Franzi. „Kannst du nicht auch mal schwarze Pommes machen?"

Mila kratzte sich am Ohr. „Woraus denn?"

Franzi schmatzte. „Aus Schwarzwurzeln vielleicht."

„Die sind nicht schwarz, wenn sie geschält werden", rief Isa. „Lieber aus Roter Bete. Die sind immerhin dunkel."

Mila spitzte die Lippen. „Das könnte gehen."

„Oder du kümmerst dich mal wieder um Adesso", murmelte jemand aus der Ecke. Michel.

Mila blickte genervt zu ihm hinüber. Bei Michel standen immer die Pferde an erster Stelle. „Jaja", brummte sie. Und wusste natürlich, dass Michel recht hatte. Sie musste sich wirklich mehr um Adesso kümmern. Mila hatte auch ein ganz schlechtes Gewissen, weil sie sich keine Zeit für Vanilla nahm. Charlys Stute brauchte mit Sicherheit etwas Zuwendung. Wie sie sich wohl ohne ihre Reiterin fühlte? Mila nahm sich fest vor, heute noch in den Stall zu gehen.

Doch das Kino machte ihr einen Strich durch die Rechnung.

„Heute wird *Das rosa Skelett* gezeigt“, rief Yasmin Mila auf dem Flur entgegen. Mila brachte gerade die Pommesschüssel in die Küche zurück.

„Komm, wir müssen uns beeilen“, sagte Yasmin. „Ich hab uns schon für das Abendbrot abgemeldet.“

Mila überlegte kurz, ob noch irgendetwas anlag oder ob sie gehen konnte.

„Denk nicht so viel“, rief Yasmin lachend. „Die Schüssel wird schon jemand anderes abwaschen. Und als Abendbrot futtern wir Popcorn bis zum Umfallen. Komm!“

Yasmins Schwung war ansteckend und Mila ließ sich mitreißen. Sie holte rasch ihre Jacke und Turnschuhe, dann rannte sie zu Yasmin, die schon am Weg wartete, der ins Dorf führte. Lachend gingen sie los.

Der Film war ein Glücksfall für Mila. Er war so schlecht und so blöde, dass Mila und Yasmin die ganze Zeit herumalberten und kicherten und schließlich fast aus dem Saal kullerten. Mila hielt sich den Bauch.

„Ui, ich weiß gar nicht, ob ich Bauchweh vom Lachen oder von zu viel Popcorn habe“, stöhnte sie.

Yasmin warf die leere Popcorntüte in den Mülleimer. „Egal – manchmal muss man Bauchweh haben und richtig lustige Dinge machen. Dann spürt man doch erst, wie lebendig man ist.“

Und schon kicherten sie wieder los über diesen philosophischen Satz, der wohl eher zu der älteren Dame passte, die gerade am Kurhauseingang stand, um abzuschließen.

Yasmins unbeschwerte Art tat Mila gut und sie verbrachten immer mehr Zeit miteinander. Yasmin hatte lustige Ideen und schaffte es auch mühelos, Mila mit einem Witzchen den Wind aus den Segeln zu nehmen, wenn einer ihrer Wutanfälle bevorstand. Bald rückte der Gedanke an Charly in den Hintergrund und Mila richtete sich in ihrem neuen Alltag ein. Sie ließ die Hausaufgaben ein bisschen schleifen, um schneller in der Küche sein zu können – es waren doch eh bald Sommerferien, und die Noten standen so gut wie fest. Adesso ritt sie zu den Trainingsstunden und war ansonsten nur selten im Stall anzutreffen. Was machte das schon? Michel würde sich gewiss gut um ihn kümmern. Stattdessen ging sie immer öfter mit Yasmin in den Ort oder surfte mit ihr im Internet. Sie ließ sich von ihr sogar die Nägel rot lackieren – mal was Neues!

Eines Morgens fing Yasmin sie vor dem Unterricht an ihrem Zimmer ab.

„Komm, wir frühstücken im Dorfcafé", meinte Yasmin und nahm Mila die Schultasche aus der Hand. Sie stellte sie zurück ins Zimmer und fischte Milas Jacke vom Haken. „Ich lad dich ein", strahlte sie.

Mila zögerte. „Ich weiß nicht, schwänzen ist nicht so meins, ich …"

„Einmal ist immer das erste Mal", sagte Yasmin. „Das ist denen doch wurscht, ob da einer mehr oder weniger im Klassenzimmer sitzt. Vor den Ferien ist der Stoff eh dünn und das holst du schnell nach, du bist doch eine Schlaue!" Weiteren Protest wartete Yasmin gar nicht erst ab und huschte, geschickt und ohne gesehen zu werden, über den Internatsvorplatz Richtung Ritteck.

Ach, was soll's, dachte Mila. Ist doch egal. Und ging mit.

Das Frühstück war spaßig, wie alles, was Mila mit Yasmin unternahm. Yasmin hatte kräftig mit dem Kellner geflirtet und Mila großzügig eingeladen. Auf dem Rückweg zum Internat erzählte sie Mila ein bisschen von ihrem Zuhause.

Mila musste an ihre Eltern denken und wurde nachdenklich. Wann hatte sie eigentlich zum letzten Mal in Ruhe mit ihnen geskypt? Die vorangegangenen Abende hatte Mila sie immer recht schnell abgewürgt und auf einen anderen Tag vertröstet. Doch plötzlich fehlten sie ihr ganz schrecklich.

„Fehlen dir deine Eltern nicht?“, fragte sie.

Yasmin strich sich eine blonde Strähne hinters Ohr. „Geht so. Die haben nicht besonders viel Zeit. Sie sind zufrieden, wenn alles ruhig läuft und ich im Mittelfeld mitkomme.“

Mila runzelte die Stirn. „Aber du könntest viel besser sein, oder? In der Schule und auch im Training.“

„Aber wozu?“, rief Yasmin und breitete die Arme aus. „Wenn es doch so viel Besseres zu tun gibt – warum lernen? Mittelfeld ist spitze!“

Mila lachte – aber nur kurz.

Während Yasmin den Weg entlangtanzte, betrachtete sie ihre neue Freundin. Hatte sie recht? Warum sollte Mila sich eigentlich anstrengen? Sie war nur ein Jahr auf dem Internat – weshalb nicht die Zeit genießen? Sie würde danach daheim vermutlich nicht mehr auf so hohem Niveau springreiten. Und schulisch – Mittelfeld reichte ja wirklich, oder? Fühlte sich gut an, der Gedanke. Mila hob die Arme und tanzte Yasmin lachend hinterher.

Alles echt ätzend

Mila ging nicht zum Mittagessen – sie mochte nicht auf die Frage antworten, warum sie im Unterricht gefehlt hatte. Yasmin machte das nichts – sie hatte Hunger und lief zum Speisesaal.

Mila drückte die Stalltür auf. Hier war es um diese Zeit herrlich ruhig. Sie ging zu Adessos Box und erwartete seine stürmische Begrüßung – meist schnaubte er ihr fröhlich ins Gesicht. Doch diesmal hielt er sich zurück.

Mila gab es einen Stich. War Adesso gekränkt, weil sie ihn vernachlässigt hatte? Ach was, vielleicht hatte er nur einen schlechten Tag.

Sie schob sich in die Box und schmuste mit Adesso. Nun reagierte er auch auf sie. Mila entschied, Adesso etwas zu verwöhnen. Sie bürstete ihn, kämmte seine

Mähne, streichelte ihn und erzählte ihm flüsternd von ihren Gedanken. Anschließend ging sie zu Vanilla hinüber. Die Stute sah sie fragend an. „Ja, ich weiß", gab Mila zu. „Für euch ist das alles noch viel schwerer zu verstehen. Vielleicht hilft es dir, wenn ich dir ein bisschen was erkläre." Ganz in Ruhe kümmerte sie sich auch um Vanilla und berichtete ihr von Charly und ihren Sorgen.

Irgendwann verriet Mila ein Geräusch, dass noch jemand im Stall war.

„Hallo?", sagte sie laut.

Michel tauchte vor Vanillas Box auf. „Hey, Mila", sagte er und sah überrascht aus. „Du hier? Ich meine – schön, dass du hier bist. Das tut Vanilla sicher gut, danke. Und warst du auch …"

„… bei Adesso, ja, war ich", beendete Mila seinen Satz.

Michel lächelte zaghaft. „Ich weiß, die Sache mit Charly ist blöd für dich, aber die Tiere …"

„… brauchen Aufmerksamkeit und Pflege, ich weiß", stöhnte Mila – jetzt schon leicht genervt. „Ich reite auch gleich mit Adesso aus – einmal rund um die Insel. Das wird uns guttun."

„Jetzt gleich?", fragte Michel verdutzt. „Aber wir haben bald Training."

„Na und?“, antwortete Mila trotzig. „Für Adesso und mich ist ein gemeinsamer Ausritt heute besser.“

Michel runzelte die Stirn. „So, Mila, was jetzt kommt, wird dir nicht gefallen, aber –“

„Ach, sei still“, unterbrach Mila ihn. Rasch griff sie nach Kamm und Striegel und verließ aufgebracht Vanillas Box.

„Mila, einer muss es dir sagen. Du kannst nicht so sein wie Yasmin.“

„Und warum nicht?“, brauste Mila auf. Sie spürte, wie ihre Wangen heiß wurden.

„Weil du ein ganz anderer Mensch bist als Yasmin“, gab Michel zurück.

„Aber ich kann so werden“, zischte Mila. „Yasmin lässt auch total oft das Training sausen. Keiner meckert deswegen und außerdem ist sie trotzdem einigermaßen gut. So, dass es reicht. Das kann ich auch. Warum sollte ich mich mehr anstrengen als nötig?“

Michel sah sie fassungslos an. Dann legte er ihr die Hände auf die Schultern. „Wo ist denn die Mila hin, die ich kenne? Die sich um andere sorgt? Um Menschen und um Tiere? Du bist doch eigentlich gar nicht so oberflächlich!“

Mila schüttelte seine Hände ab. „Was glaubst du denn, wer du bist?“, schrie sie.

„Ein Freund“, antwortete Michel ruhig. „Ein richtig guter Freund. Mila, ich freue mich, wenn du dich mit Yasmin gut verstehst. Sie bringt dich zum Lachen, das ist gut. Aber deshalb musst du doch keine Kopie von ihr werden. Yasmin ist alles egal. Und wenn du sie mal brauchst, hat sie vermutlich gerade etwas Besseres zu tun. Deine alten Freunde aber sind für dich da.“

„Sind sie das, ja?“, fragte Mila kühl. „Wo ist denn Charly? Meine sogenannte beste Freundin? Kein Lebenszeichen von ihr! Was soll denn das? So stell ich mir keine Freunde vor!“

Sie wandte sich ab und ging davon. Doch so gut, wie sie erwartet hatte, fühlte es sich nicht an, diesen Streit gewonnen zu haben.

Aufgrund von Michels Schimpftirade absolvierte Mila doch noch das Training, bei dem Yasmin tatsächlich nicht auftauchte, und ging danach in ihr Zimmer. Dort entfernte sie als Erstes das Rot von den Fingernägeln. Das passte wirklich nicht zu ihr. Anschließend hockte sie noch eine Zeit lang in ihrem Zimmer, ohne etwas Richtiges zu machen. Irgendwann musste sie sich eingestehen, dass sie hoffte, Yasmin würde sie suchen. Dann hätte Michel nicht recht. Aber Yasmin tauchte nicht auf.

Schließlich ging Mila enttäuscht zu Frau Käthe.

Die Köchin entfernte gerade die grünen Strünke von drei Blumenkohlköpfen.

„Hey", begrüßte sie Mila. „Gut, dass du kommst." Sie hielt inne und betrachtete Mila kurz. „Na, da hat wohl jemand Kummer, wie? Komm, Mädchen, da hilft Arbeit am besten." Sie gab Mila eine kleine Aufgabe nach der anderen. Sie zerteilten und kochten den Kohl und trugen Kakaopulver, Honig und andere Zutaten zusammen.

Irgendwann fiel Mila etwas auf. „Frau Käthe, was machen wir hier eigentlich? Kakao und Kohl? Wird das eine Schokosoße zum Gemüse?"

Frau Käthe lächelte verschmitzt. „Erinnerst du dich noch, dass du mir neulich diese Seiten im Internet aufgeschrieben hast?"

Mila blickte erstaunt auf. Die hatte Frau Käthe sich tatsächlich angesehen?

„Ich habe viel dort gelesen", erklärte Frau Käthe. „Da gibt es tolle neue Ideen. Zwei Jungs haben aus Blumenkohl Schokoladenmus gemacht. Das probieren wir jetzt."

Mila starrte ungläubig auf den gekochten Kohl.

„Schokomus?", wiederholte sie skeptisch.

Die Köchin war mit Feuereifer bei der Sache. Sie holte ihren großen Mixer und gab alles hinein. Deckel drauf, anschalten. Die Messer ratzelten alles klitzeklein und bald sah die Menge im Mixer tatsächlich aus wie Schokoladenmus.

„Ich bin sehr gespannt", meinte Mila.

Sie probierten.

„Ähm", machte Mila. Irgendwie schmeckte es nach gar nichts.

Frau Käthe grübelte. „Vermutlich liegt es an der Wärme. Schokomus isst man ja kalt. Ich werde es in eine Schüssel füllen. Dann haben wir Nachtisch für das Abendessen. Wir verraten den anderen nichts, ja?"

Mila war einverstanden. Sie half Frau Käthe noch beim Umfüllen und Aufräumen, dann kehrte sie in ihr Zimmer zurück.

Vielleicht lag ja irgendwo ein Zettel von Yasmin?

Nein, Fehlanzeige.

Mila ging zu Franzi und klopfte zaghaft.

„Herein", rief Franzi. Sie war offensichtlich überrascht von Milas Besuch. „Du?"

„Ja, hey", murmelte Mila. Es war ihr peinlich, dass sie sich in den letzten Tagen für niemanden mehr Zeit genommen hatte. Zum Glück war Yasmin nicht da.

„Schön", freute sich Franzi und klopfte neben sich auf die Bettdecke. „Komm, ich häkele gerade."

Mila musste lachen. Die Wolle, aus der Franzi etwas häkelte, war schwarz!

„Was wird das denn?", fragte sie.

„Ein Schal", sagte Franzi. „Vielleicht kann ich ihn irgendwann mal Luke geben." Sie hob abwehrend die Hände. „Ich weiß, ich sollte nicht, damit er keine Schwierigkeiten kriegt und so. Aber ein Schal als Jahresabschiedsgeschenk ist ja wohl nichts Schlimmes, oder?"

Mila schüttelte schnell den Kopf. „Hm, Franzi, können wir die Musik eine Weile ausmachen? Ich bin schon deprimiert genug."

Franzi grinste. „Ja klar, kein Problem." Sie selbst schien die düstere Musik eher zu beruhigen. „Dann erzähl mal von deinen trüben Gedanken. Darüber reden hilft doch immer, nicht wahr?"

Also erzählte Mila. Von Charly und ihrer Enttäuschung, von Jans verletzender Bemerkung, von Yasmin und dem Streit mit Michel, vom geschwänzten Unterricht. Nach einer Stunde war alles raus und Mila ging es tatsächlich viel besser. Franzi war eine tolle Zuhörerin.

Jetzt lächelte sie Mila an.

„Ist echt alles blöd gerade, hm?“ Sie strich ihr über den Rücken.

Mila nickte. Und auf einmal musste sie lachen. Es war wie beim Spiel „Armer schwarzer Kater“: Wer konnte am trübsten aus der Wäsche gucken? Das hatte sie aber so was von gewonnen! Mila lachte immer weiter, Franzi stimmte mit ein.

Schließlich japste Mila: „Ich habe Hunger. Warte mal, ich hol uns was.“ Sie sprang auf und rannte zur Küche. Frau Käthe war nicht da. Sie nahm eine kleine Schüssel mit Schokomus und zwei Teelöffel und flitzte zurück ins Zimmer.

„Hier“, sagte sie und öffnete den Plastikdeckel.

„Uh“, machte Franzi und lehnte sich zurück.

Auch Mila zog die Nase kraus. Das Zeug stank grausig nach kaltem Kohl.

Zögernd steckten beide den Löffel hinein – nur mit der Spitze – und leckten ihn ab.

„Iih“, quiekte Franzi los. „Was ist denn das Furchtbares? Willst du mich vergiften?“

Mila verschluckte sich. Sie hustete und spuckte und lachte dazwischen. „Ach du dickes Ei“, keuchte sie. „Frau Käthe wird nie wieder etwas aus dem Internet ausprobieren!“

Und dann rannten sie in die Küche, um das restliche Schokomus zu vernichten, bevor noch jemand anderes auf die Idee kam, es zu probieren!

Charlys Geheimnis

Mila kümmerte sich nun wieder mehr um Adesso. Gleich am nächsten Nachmittag ritt sie mit ihm an den Strand. Sie galoppierten durch die flachen Wellen und Mila juchzte vor Freude. Die Sonne schien und es war ziemlich warm. Mila spürte förmlich, wie Adesso die frische Dusche genoss. Es tat so gut, mit ihm zusammen zu sein. Wie hatte sie das nur vergessen können? Mila lachte erleichtert auf. Alles würde wieder gut werden. Gewiss kam Charly bald zurück und dann würde alles beim Alten sein. Mila klopfte Adesso liebevoll den Hals. Plötzlich stutzte sie. Ein ganzes Stück vor ihr lief jemand am Strand entlang – war das nicht …

„Charly", flüsterte Mila fassungslos. Halluzinierte sie jetzt schon? Charly war doch gar nicht auf der Insel!

Die Person bog ab in Richtung Dünen.

Langsam, sehr langsam ritt Mila weiter. Sie wusste nicht, ob sie ihr folgen sollte oder nicht – bestimmt war es gar nicht Charly. Das war unmöglich …

Und doch konnte Mila nicht anders, als der Person zu folgen. Sie ging jetzt den Holzweg entlang, der zum Isländerhof führte.

Also nur ein Feriengast, dachte Mila. Sie war richtig erleichtert. Und dennoch ritt sie wie ferngesteuert weiter, den Strand entlang, zu den Dünen, den Weg hinauf. Immer weiter, bis sie den Hof vor sich sehen konnte. Hinter einem Heckenrosenbusch hielt sie an und saß ab. Sie fühlte sich wie eine Spionin, während sie den Hof so beobachtete. Es gab keinen Zweifel mehr: die Bewegungen, der Gang – das war Charly. Mila fühlte sich ganz wackelig in den Knien. Wie konnte das sein? Ob Charly irgendwo auf der Insel wohnte und dachte, sie könnte nach so vielen Tagen mal Jan einen Besuch abstatten? Aber warum nicht ihr, Mila?

Da kam Jan aus dem Haus. Er lächelte und sagte irgendetwas zu Charly. Er wirkte überhaupt nicht erstaunt, sie zu sehen. Gemeinsam gingen beide ins Haus.

Mila blieb entsetzt zurück.

Es dauerte einen Moment, bis Mila sich aus ihrer Lähmung lösen konnte. Sie stieg auf und ritt zurück zum Internat. Ihre Gedanken wirbelten durcheinander.

Konnte das sein? War es möglich, dass Charly bei Anna auf dem Hof wohnte? Waren das die Bekannten, bei denen sie Unterschlupf gesucht hatte? War sie die ganze Zeit hier auf der Insel gewesen?

Sie hatte Mila nicht angerufen. Sie hatte nicht Bescheid gesagt. Mila war ihr völlig egal.

Dann kam Mila der nächste Gedanke und ihr wurde ganz schwindelig: Jan hatte sie belogen. Die ganze Zeit. Deshalb hatte er neulich so rumgedruckst, als sie ihn besuchen wollte.

Alle lügen mich an, dachte Mila entsetzt. Sogar Frau Steinbach, denn die wusste bestimmt davon.

Der Rückweg kam Mila endlos vor. Kurz vorm Internat überlegte sie, ob sie nicht auch abhauen sollte – ab auf die Fähre und zu Aurelie, ihrer liebsten Beinahe-Tante. Doch dann entschied sie sich zu bleiben. Fürs Abhauen hatte sie gar keine Kraft, sie fühlte sich wie ein Ballon, aus dem jemand die Luft rausgelassen hatte.

Sie führte Adesso in den Stall und begann, ihn zu striegeln. Dabei kuschelte sie zwischendurch innig mit ihm und vergoss ein paar Tränen in seine Mähne. Als sie fertig war, schloss sie die Box und räumte sorgfältig wieder auf. Dann ging sie mit entschlossenen Schritten zum Stallbüro. Sie hatte Glück: Michel saß darin und machte Hausaufgaben.

„Hallo, Mila", sagte er konzentriert. Dann blickte er hoch und sprang erschrocken auf. „Mila, was ist los?"

„Hast du es gewusst?", fragte Mila tonlos.

„Was? Dass Charly eine Prinzessin ist?" Michel schob Mila auf einen Stuhl.

„Nein, dass sie hier ist."

„Sie ist wieder da? Seit wann?"

Er sah ehrlich überrascht aus. Mila begann zu weinen. Michel zog einen zweiten Stuhl heran und nahm sie in den Arm.

„Schsch, alles wird gut", murmelte er.

Mila legte ihren Kopf gegen seine Schulter. Allmählich beruhigten sich ihre wirren Gedanken. Michels Nähe tat gut. Er schaffte es immer, dass Mila sich wohlfühlte.

„Sie ist auf der Insel. Ich habe sie gesehen. Und es scheint, als würde sie auf dem Isländerhof wohnen."

„Das kann nicht sein", sagte Michel. „Das hätte Jan dir doch erzählt."

„Nein, ich fürchte, er hat es für sich behalten." Mila hörte ihre eigene Stimme kaum, so leise sagte sie es.

Michel richtete sich auf. „Ich frag ihn."

„Nein!" Mila griff nach seinem Arm. „Bitte. Ich … ich will nicht …" Sie zuckte hilflos mit den Schultern. „Ich möchte warten. Irgendwann sagt Charly es mir bestimmt selbst. Sie kann ja nicht ewig dortbleiben."

Michel runzelte zwar die Stirn, aber er nickte. „Wie du willst."

Mila schwieg. Sie mochte nicht zugeben, dass sie vor allem hoffte, dass Jan ihr die Wahrheit sagen würde …

Mila war hundeelend zumute. Den ganzen Abend verbrachte sie in ihrem Zimmer, um möglichst weder Yasmin noch einem ihrer mitfühlenden Freunde über den Weg zu laufen. Man sah ihr das Elend sicher an und Mila mochte nun wirklich mit keinem mehr darüber sprechen. Nele war zum Glück mit Lernen beschäftigt und hatte daher keine Augen für Mila.

Am nächsten Morgen duschte Mila heiß und lange und schlich schließlich mit ungutem Gefühl in den Speisesaal. Erstaunt bemerkte sie, dass niemand sie ansprach, und setzte sich dann erleichtert auf ihren Stuhl.

War ja eigentlich auch kein Wunder, schließlich wusste niemand außer Michel von ihrer Entdeckung. Die anderen plapperten munter durcheinander, und das half Mila, sich ein bisschen abzulenken. Yasmin war unbefangen und nett wie immer. Ihre Scherze brachten Mila zum Lächeln. Vielleicht war es doch ganz gut, oberflächlich und fröhlich zu sein? Mila beschloss, dem auf jeden Fall nachzueifern, egal, was Michel davon hielt.

Doch in der Schule fiel ihr das Fröhlichsein sehr schwer – saß Jan doch in Sichtweite. Und auch, wenn Mila es tatsächlich geschafft hatte, ihn die ganze Zeit nicht anzusehen und nicht zu begrüßen, war ihr klar, dass sie früher oder später doch ein Wort mit ihm wechseln musste. Konzentriert ließ sie sich durch die Geschichtsstunde ablenken – doch gleich im Anschluss daran kam Jan zu ihr herüber.

„Guten Morgen, Mila“, sagte er freundlich.

Mila war schlecht im Schauspielern, wenn es ihre Freunde betraf. Sie lächelte halbherzig und nickte ihm zu.

„Alles in Ordnung mit dir?“, fragte Jan besorgt und legte ihr die Hand auf die Schulter.

„Hmm“, machte Mila nur. Wie konnte er so rumlügen? Eine kleine wütende Flamme zündete plötzlich in ihrem Magen. Sie würde ihn *niemals* so belügen.

„Kann ich dir irgendetwas holen? Etwas zu essen? Oder zu trinken?“

Das Wutflämmchen schoss in die Höhe.

„Nein, höchstens … kannst du dir nicht denken, was los ist?“, brach es aus Mila heraus.

Jan zuckte zurück. Er betrachtete sie mit einem prüfenden Blick.

„Nein, sag es mir“, forderte er.

Doch Mila drehte sich weg.

Es tat ihr körperlich weh, als Jan ohne ein weiteres Wort davonging.

Mila stand eine Weile wie betäubt herum, dann beschloss sie, Yasmin zu suchen. Die würde sie aufheitern.

Sie fand sie – bei Jan. Mit blitzenden Augen erzählte Yasmin ihm irgendetwas und Jan brach in Lachen aus. Mila sackte ein Stück weiter in sich zusammen. Musste sie jetzt auch noch eifersüchtig sein?

Mila hangelte sich niedergeschlagen durch den restlichen Unterricht und vermied es, mit jemandem zu reden. In der nächsten großen Pause hockte sie sich neben Jakob auf eine Bank. Der war genauso trübsinnig wie sie und würde sicher nicht viele Fragen stellen. Sie beobachteten stumm die anderen Schüler, bis Jakob das Schweigen plötzlich brach.

„Blöd, wenn man sich im Stich gelassen fühlt, oder?"

Mila starrte weiter vor sich hin.

„Und wie", murmelte sie. Dann ging ihr auf, dass Jakob das auch auf sich bezogen hatte – vermutlich wegen seines Bruders?

„Ich fühle mich so allein ohne Mark", bestätigte Jakob ihre Gedanken. „Es kommt mir vor, als hätte er mich betrogen. Dabei ging es allein um ihn. Er hat nur noch sich selbst gesehen. Er wollte mir nicht wehtun." Jakob beugte sich vor und stützte die Arme auf die Knie. „Weißt du, ich denke, Mark hatte einen Tunnelblick. Er hatte nur noch sein Problem vor Augen und alles andere ausgeblendet – sogar das Pferd. Er wollte das nicht ..." Nun wandte er ihr den Kopf zu. „Nicht, dass ich wüsste, was in deinem Kopf vor sich geht ..." Er lächelte. „Aber du hast die Wahl, Mila. Man hat immer die Wahl. Du kannst den wütenden Weg weitergehen oder du biegst ab und lernst zu verzeihen. Es ist der Stolz, der uns daran hindert, glücklich zu werden."

Jakob stand auf und ging. Einfach so.

Mila sah ihm gedankenverloren nach. So lange und so ernst hatte Jakob noch nie mit ihr geredet. Und hatte er jetzt mehr von sich selbst gesprochen oder von ihr? Irgendwie passte es auf sie beide … Brauchte Mila Charly nur zu verzeihen? Und Jan? Wem half es eigentlich, wenn sie so wütend war? Ihr selbst jedenfalls nicht … Mit all diesen schwerwiegenden Gedanken lief Mila zurück in den Unterricht. Aufpassen konnte sie heute nicht mehr, aber es lag immerhin nur noch eine Stunde vor ihr.

Nach der Schule steuerte Mila nicht wie die anderen sofort den Speisesaal an, sondern lief in den Stall. Michel folgte ihr.

Er holte auf und sagte: „Ich habe mir schon gedacht, dass du kein Mittagessen in der großen Runde willst. Mein Vater hat gestern Linseneintopf gekocht und es ist noch jede Menge davon übrig. Er isst im Büro – kommst du mit?“

Dankbar folgte Mila ihm. Herr Gründgen würde nicht viel fragen, da war sie sicher.

Tatsächlich aßen sie die Suppe schweigend. Sie war schön deftig und heiß. Genau das, was Mila jetzt brauchte.

„Die schmeckt hervorragend“, lobte sie Michels Vater.

Er lächelte. „Danke. Suppe weckt die Lebensgeister.“

Mila nickte. So war Herr Gründgen. Keine Fragen, aber ein weiser Satz. Wie angenehm.

Nach dem Essen fühlte Mila sich ruhiger und konnte auch gelassener in das Training gehen. Tamara übte an diesem Tag mit Mila, Michel und ein paar Schülern anderer Klassen an sehr konkreten Schwächen, die sie alle gemeinsam hatten: verfrühter Absprung vor dem Hindernis, Haltung und Tempo. Es gefiel Mila, an solchen Details zu arbeiten, vor allem, wenn alle dasselbe trainierten – so konnte man sich mal auf eine Sache konzentrieren. Prompt zeigte sich das auch in ihrer Leistung: Es gelangen ihr viel mehr gute Sprünge als sonst.

„Super, Mila“, lobte Tamara. „Du machst gute Fortschritte. Achte noch genauer auf den Absprungzeitpunkt. Die Bascule muss stimmen, wir wollen Adessos Rücken ja nicht unnötig belasten.“

Mila wusste, was Tamara meinte, und sie würde beim nächsten Sprung noch besser darauf achten. Sie ließ entspannt die Schultern sinken. Wenigstens das Reiten hatte sie wieder gut im Griff. Wenn auch sonst alles auseinanderfiel …

Nun war Michel an der Reihe. Auch er verbesserte sich täglich, und Mila machte es Spaß, mit ihm zu wetteifern, wer im Training mehr glänzte.

„Blick nach vorn“, rief Tamara Michel zu. „Sehr gut.“

Mila lächelte. Das lief prima. So würden sie die Prüfung übermorgen locker bestehen.

Als das Training vorbei war, führte Michel Pferdinand neben Mila und Adesso her.

„Meinst du, wir packen den Test?“, fragte Michel.

„Auf jeden Fall“, war sich Mila sicher. „Du und Pferdinand, ihr seid echt ein super Team.“

Michel tätschelte Pferdinands Hals. „Ja, er ist ein toller Bursche.“

Mila nickte. Wie gut, dass sie heute aus ihrer Klasse nur mit Michel Training gehabt hatte. Er war gerade der Einzige, bei dem Mila sich gar keine Gedanken um irgendetwas machen musste.

„Unglaublich, dass in einer Woche schon die großen Ferien anfangen“, sagte Michel jetzt.

„Ja, finde ich auch“, brummelte Mila. Sie würde eine Woche zu Aurelie aufs Festland fahren, aber den Rest der Zeit vermutlich im Internat bleiben. Schließlich konnten ihre Eltern nicht schon wieder aus Kenia anreisen. „Bleiben eigentlich noch andere Schüler hier außer dir und mir?“ Mila bemühte sich, die Frage unbeschwert klingen zu lassen, aber Michel erriet ihre Gedanken.

„Keine Sorge, Ferien hier sind prima“, versicherte er. „Du kannst reiten, wann du willst, an den Strand, wann du willst …“ Er lachte. „Wir könnten auch einen Tourenritt mit Zelten machen oder so, was meinst du?“

Mila strahlte. „Wirklich?“

„Klar, letztes Jahr war ich mit Papa unterwegs an der Küste. Das war aufregend!“

Mila atmete tief durch. Egal, wie es in den nächsten drei Tagen mit der Prüfung, Charly und mit Jan laufen würde – danach würde sie jedenfalls eine schöne Zeit haben. Das tröstete sie ungemein.

Anziehungskräfte

Mila striegelte, säuberte und verwöhnte Adesso in aller Ruhe. Als sie danach aus dem Stall kam, konnte sie eine seltsame Szene beobachten: Tini und Renate stritten miteinander. Natürlich nicht mit Worten, aber Renate hatte irgendetwas Rosa-Plüschiges im Maul, an dem Tini wie wild herumzerrte.

„Tini, was machst du denn da?", fragte Mila sie amüsiert.

Ihre Cousine drehte sich mit hochrotem Kopf zu ihr um. „Dieses freche Pony will mir nicht das Einhorn zurückgeben – aargh!"

Genau in diesem Moment gab Renate nach und öffnete das Maul. Tini wankte einen Schritt rückwärts und fiel dann unsanft auf ihren Po. Mila half ihr hoch. Sie konnte sich das Lachen kaum verkneifen.

„Alles gut?“, fragte sie glucksend.

„Ja, lach nur“, erwiderte Tini. „Gleich wirst du Tränen der Rührung vergießen. Wir üben nämlich für ein Theaterstück.“

„Ach, natürlich“, sagte Mila. „Was auch sonst.“

„Vielleicht errätst du es ja“, meinte Tini aufgeregt. „Schau genau hin.“

Sie führte Renate an die Seite und befahl: „Bleib stehen!“ Dann entfernte sie sich ein Stück und rief laut: „Es geht los!“

Langsam näherte Tini sich Mila, das Plüschtier hielt sie hinter ihrem Rücken versteckt. Dabei plauderte sie vor sich hin: „Weißt du, ich bringe dich zur Schule. Dort kannst du mehr darüber lernen, was die Gefahren sind. Du weißt ja, dass du niemals …“ Sie ließ das Einhorn fallen und lief plappernd weiter.

Als das Kuscheltier zu Boden fiel, trabte Renate los.

„Nein, Renate, noch nicht“, schimpfte Tini. Sie versuchte, das Einhorn zu greifen, aber Renate war schneller. „Jetzt nicht“, meckerte Tini. „Wir müssen doch erst danach suchen, sonst macht es keinen Sinn!“

Mila lachte los. „Die Stelle hatten wir eben schon“, rief sie.

Tini musste mitlachen. „Hast du es denn erkannt?“

Mila schüttelte den Kopf. „Keine Ahnung.“

„Na, das ist *Findet Nemo*, ist doch klar“, rief Tini leicht beleidigt.

Mila schlug sich vor die Stirn. „Natürlich“, rief sie. „Deshalb auch neulich das mit dem Blubbern!“

Tini klatschte in die Hände. „Genau!“ Dann sah sie stirnrunzelnd zu Renate. „Nur du hast es noch nicht richtig kapiert.“

Das Pony hielt seelenruhig sein Einhorn im Maul. Es sah sehr zufrieden aus. Mila wünschte, sie könnte auch wieder so zufrieden sein.

Da kam Tante Caro quer über den Hof auf sie zu. Sie war Tinis Mutter und suchte offenbar nach ihrer Tochter.

„Tini, wo bleibst du denn?“, rief sie verärgert.

Tini machte ein schuldbewusstes Gesicht.

„Was ist denn los?“, fragte eine dunkle Stimme hinter Mila.

„Steffen, hallo, äh …“ Tante Caro wurde rot und fuhr sich hektisch durch die Haare.

Mila sah verwirrt von einem zum anderen. Was passierte denn hier gerade?

„Kann ich helfen?“, fragte Herr Gründgen.

Tante Caro lächelte. „Ja, es wäre total lieb, wenn du dich um Renate kümmern könntest, ich muss nämlich mit Tini zum Arzt. Sie muss geimpft werden."

„Nein!", rief Tini laut und verschränkte die Arme. Mila grinste. Ihre Cousine sagte immer sehr deutlich, was sie wollte und was nicht.

„Tini, das muss aber sein", jammerte Caro und schielte auf ihre Armbanduhr.

Herr Gründgen beugte sich vor. „Tini, du willst doch nicht, dass Renate nächstes Mal einen Aufstand macht, wenn der Tierarzt kommt, oder?"

Tini sah ihn mit großen Augen an und schüttelte den Kopf.

„Dann musst du jetzt lächeln und mitgehen. Du weißt doch, wie feinfühlig Pferde sind. Und Renate ist auch noch sehr klug. Gewiss merkt sie, dass du nicht zum Arzt willst. Und beim nächsten Tierarztbesuch weigert sie sich dann womöglich auch."

Tini schwieg. Mila konnte sehen, wie es in ihrem kleinen Kopf ratterte. Dann nickte sie ernst. „Ärzte sind etwas Gutes. Sie helfen uns", verkündete sie laut und streichelte Renate. Sie gab ihr ein Küsschen auf die Ponyschnute und ging erhobenen Hauptes mit ihrer Mutter davon.

Mila sah Herrn Gründgen bewundernd an. „Sie sind ja ein Zauberer“, sagte sie und fügte misstrauisch hinzu: „Manipulieren Sie mich und die anderen auch so?“

Herr Gründgen lachte schallend. „Ganz selten, Mila, ganz, ganz selten.“

„Meine Tante scheinen Sie auch irgendwie verzaubert zu haben“, überlegte Mila laut. „Die war ganz flatterig.“

Herr Gründgen sah sie einen winzigen Moment lang erstaunt an, dann meinte er: „Sie hatte es doch so eilig.“

Mila nickte. Das stimmte.

Nach ihrem Treffen mit Tini machte Mila sich auf die Suche nach Yasmin. Sie hatte keine Hausaufgaben auf und musste auch sonst gerade nichts erledigen, also könnten sie doch zusammen etwas unternehmen! Sie fand sie im Gemeinschaftsraum. Yasmin blätterte in den Zeitungen herum, die dort immer lagen. Als Mila ihr vorschlug, auf ein Eis in den Ort zu fahren, war sie sofort dabei. „Klar komm ich mit“, sagte sie begeistert und ging zur Tür.

„Willst du nicht erst aufräumen?“, fragte Mila und deutete auf das Zeitschriftenchaos, das Yasmin im Raum hinterließ.

„Ach, das macht schon irgendjemand, ist doch egal“, fand Yasmin und lief in den Flur. „Ich zieh mir rasch andere Schuhe an!“

Weg war sie.

Mila räumte die Zeitschriften ordentlich zusammen. Solange immer irgendjemand Yasmins Kram erledigte, kam sie prima damit durch. Mila hielt inne. Vielleicht war genau das Yasmins Masche. Einfach warten, bis andere ihre Arbeit machten. Mila schüttelte genervt den Kopf. Nein, das gefiel ihr nicht, so wollte sie auf keinen Fall sein.

Auf dem Weg zu ihren Fahrrädern trafen Mila und Yasmin auf Franzi und Isa.

„Kommt ihr mit Eis essen?“, wollte Mila wissen.

„Na klar“, riefen die beiden begeistert.

So fuhren sie zu viert ins Dorf und hockten sich mit ihren Eiswaffeln an den Brunnen. Sie zogen die Schuhe aus und badeten ihre Füße im kühlen Wasser.

„Das ist schon fast wie Ferien“, fand Mila.

Franzi beugte sich ein Stück vor und fragte Yasmin: „Hast du dich eigentlich gut eingelebt? Wie findest du es denn so im Internat?“

„Prima“, antwortete Yasmin.

„Und darf man fragen, warum du so plötzlich gekommen bist?“, wollte Franzi wissen.

Yasmin bemühte sich, geschmolzene Schokolade von ihren Fingern zu lecken, und antwortete deshalb nicht sofort.

Mila beobachtete sie. War Yasmin tatsächlich mal etwas unangenehm? Überlegte sie sich gerade eine Ausrede?

Aber als die Schokolade entfernt war, erzählte Yasmin frei heraus: „Klar darf man fragen. Ich war in einer Clique, die meine Eltern nicht so toll fand. Und als wir uns alle ein Piercing machen ließen, sind sie ausgeflippt. Ihr wisst schon.“

Franzi und Isa machten große Augen. Mila auch – aber aus einem anderen Grund. Bei ihr hatte Yasmin neulich noch so geheimnisvoll getan und jetzt erzählte sie jedem davon? Mila seufzte. Sie verstand Yasmin einfach nicht.

Franzi und Isa sprudelten los: „Wo denn? Tat das weh? Hast du’s noch? Was haben denn deine Freunde gesagt, als du weg bist?“

Mila hörte kaum zu, was Yasmin erzählte. Sie schloss

die Augen und lauschte auf das Plätschern des Brunnens – bis plötzlich der Name Jan fiel. Sie horchte auf.

„... der kann da auf jeden Fall mithalten. Eigentlich ist er sogar noch süßer als Benni, mit dem ich vorher zusammen war." Auf Yasmins Gesicht prangte ein breites Lächeln.

Franzi räusperte sich. „Ähm, Yasmin – du weißt schon, dass Jan mit Mila zusammen ist?"

Yasmin zuckte mit den Schultern. „Na, in den letzten Tagen habe ich in der Schule viel Zeit mit ihm verbracht. Er hat nicht *ein* Mal nach Mila gefragt. Ist doch auch egal. Heute der, morgen der. Wenn Jan jetzt mit mir flirtet, kann Mila ja Carsten nehmen. Der ist auch süß. Ist doch kein Problem, oder, Mila?"

Mila war erstarrt. Zuerst dachte sie, Yasmin hätte gescherzt, aber nun wurde ihr klar, dass es ihr absoluter Ernst war. Sie stand auf und öffnete den Mund – schloss ihn dann jedoch wieder. Sie stieg aus dem Brunnen und zog ihre Schuhe an.

Yasmin stand ebenfalls auf. „Ja, lasst uns heimradeln."

„Ich muss noch in den Laden", murmelte Mila. Sie wollte unbedingt sofort weg von Yasmin.

Franzi und Isa waren inzwischen auch aus dem Brunnen gestiegen. Sie standen mit verschränkten Armen vor Mila und blickten Yasmin kühl an. „Wir bleiben bei Mila.“

„Aber Mila kann allein heimradeln, sie ist alt genug“, wunderte sich Yasmin. Doch offenbar spürte sogar sie die abgekühlte Stimmung, denn sie sagte: „Nix für ungut, Mila. So ist das Leben.“ Dann nahm sie ihre Tasche, pfiff irgendeinen blöden Radiosong und ging zu ihrem Rad.

„Ich platze gleich“, zischte Franzi. „Die hat sie doch nicht mehr alle.“

Auch Isa sah ihr zornig hinterher. „Sollen wir sie verkloppen, Mila?“

Mila lächelte. „Nein danke. Ach, ihr seid prima. Vielleicht hat sie ja recht.“

„Niemals“, schimpfte Franzi. „Die hat nicht alle Brillen am Lager. Echt. Heute der, morgen der. Das hab ich ja noch nie gehört.“

Sie setzten sich wieder auf den Brunnenrand und schwiegen eine Zeit lang.

„Noch ein Eis?“, fragte Isa schließlich zaghaft.

„Nein“, sagte Mila. „Danke, einfach heim, denke ich.“

Während sie ihre Räder aufschlossen, begann Franzi

zögernd: „Du, Mila, sag, wenn du nicht antworten willst, aber – möchtest du uns vielleicht erzählen, warum du Jan aus dem Weg gehst? Wir haben das nämlich auch schon bemerkt."

Mila sah sie überrascht an. „Ist das so offensichtlich?"

Franzi und Isa nickten gleichzeitig.

Mila stöhnte. „Ich hasse es, wenn die Welt kompliziert ist!"

Auf dem Nachhauseweg erzählte sie den beiden alles. Wie erwartet, waren auch sie sehr erstaunt, verwirrt und empört.

„Wie können die uns alle nur so anlügen?", regte Isa sich auf.

Doch Franzi schlug vermittelnde Töne an. „Ich weiß schon, wie es ist, anders zu sein als alle anderen", sagte sie. „Vermutlich sorgt Charly sich nicht nur, dass mehr Neugierige und Zeitungsfritzen kommen, sobald ihr Geheimnis gelüftet ist, sondern sie fürchtet bestimmt auch, dass *wir* sauer auf sie sind."

„Sind wir auch", zickte Isa beleidigt.

„Mit jedem Tag, den sie dort hockt, wird die Angst größer", vermutete Franzi. „Sie manövriert sich selbst in ein immer größeres Drama rein."

Mila hörte gebannt zu. So hatte sie es noch gar nicht gesehen. Sie hatte bisher stets gedacht, dass Charly ihr als Freundin alles hätte sagen müssen. Aber natürlich hatte Charly noch viel mehr Sorgen. Sorgen, die auch Mila nicht lösen konnte.

Franzi fuhr dicht an Mila heran. „Und Jan würde nie etwas verraten, wenn Charly ihn darum gebeten hat. Eigentlich macht ihn das zum Helden, oder?“

Mila kicherte. Das Wort „Held“ fiel ihr dabei nun wirklich nicht ein. Sie kicherte so sehr, dass ihr Rad anfing zu schlingern. Sie touchierte Franzis Lenker, die erschrocken aufquiekte und geradewegs in den flachen Straßengraben fuhr. Mila selbst rutschte nur seitlich weg und sprang gerade noch rechtzeitig vom Rad ab.

„Alles klar, Franzi?“, fragte sie erschrocken – musste dabei aber gleich wieder loswiehern, weil Franzi mit weit aufgerissenen Augen noch immer auf dem Rad saß – allerdings mitten im Graben.

Auch Isa hatte angehalten und stand lachend vor Franzi. „Komm … doch endlich da raus“, quetschte sie zwischen zwei Anfällen hervor.

Endlich fing auch Franzi an zu grinsen. Mit Isas Hilfe kletterte sie aus dem Graben und zog ihr Fahrrad heraus.

Mila begutachtete ihr Knie, das nach ihrem Absprung vom Rad etwas aufgeschrammt war.

Franzis helle Ballerinas waren mit grünbraunem Matsch eingeschlammt. „Neueste Mode", fand sie.

„Sorry", sagte Mila zerknirscht. „Ich besorg dir neue."

„Ach was, die kann man sicher wieder hinkriegen", beteuerte Franzi. „Halb so wild."

Auf einmal überkam Mila eine unglaubliche Erleichterung darüber, so gute Freundinnen um sich zu haben. Sie fiel Franzi um den Hals. „Danke!", flüsterte sie und umarmte dann auch Isa. „Ihr seid so lieb."

Die beiden lächelten sie aufmunternd an. „Wird schon wieder", meinte Isa. „Du sprichst Jan einfach darauf an. Dann klärt sich alles."

Ja, das nahm Mila sich fest vor.

Doch dann kam es anders.

Jetzt reicht's!

Am nächsten Tag blieb Jans Platz im Klassenraum leer. Yasmins auch.

In Mila brodelte es augenblicklich. Jetzt stiftete Yasmin auch schon Jan zum Schwänzen an!

„Wahrscheinlich ist Jan krank", beschwichtigte Franzi sie.

„Ja, und Yasmin liegt sicher mit Kopfweh in ihrem Zimmer", meinte Isa.

„Tut sie das?" Mila wandte sich fragend an Franzi.

Die wurde rot und schüttelte den Kopf. „Nein, sie ist mit mir aufgestanden. Und beim Frühstück war sie doch auch", sagte sie und stieß Isa mahnend den Ellbogen in die Seite.

„Ach, stimmt", erinnerte sich Isa. „Trotzdem. Wir wissen nicht, was los ist. Also mach dir keinen Kopf, Mila."

Isa hatte recht. Natürlich drehten die Gedanken dennoch diverse Saltos in Milas Kopf.

Beim Mittagessen tauchte Yasmin nicht auf und auch zur Reitstunde in der Halle kam sie nicht pünktlich. Mila fühlte sich wie ein Vulkan, der kurz vor dem Ausbruch war. Adesso spürte ihre Anspannung und tänzelte nervös.

„Mila, bitte spring nur über den Oxer, die Mauer und den vorderen Steilsprung, also nur die äußeren Hindernisse, dafür zwei Runden", rief Tamara.

Mila trabte an. Sie richtete den Blick auf das erste Hindernis – und sah aus dem Augenwinkel jemanden in die Halle kommen. Es war Jan! Und – war etwa Charly bei ihm? Mila blickte zur Seite und Adesso bremste ab. Mist. Mila konzentrierte sich wieder auf das Training. Sie ritt eine Kurve, sodass sie ungehindert einen Blick auf den Halleneingang werfen konnte – das war gar nicht Charly, sondern Yasmin! Also waren sie doch zusammen weg gewesen! Mila schoss die Wut heiß in den Kopf. Sie spürte, wie ihr Gesicht rot vor Zorn wurde. Sie straffte die Zügel und steuerte das erste Hindernis an: den Steilsprung. Oder hatte sie erst den Oxer nehmen sollen? Plötzlich war Mila irritiert. Aber Adesso sprang bereits ab und wäre durch ihre Unsicherheit beim Aufsetzen beinahe gestolpert.

„Mila!", hallte es durch die Halle.

Mila hörte es kaum. Es rauschte in ihren Ohren – ihre Gedanken waren immer noch bei Jan. Sie galoppierte auf den Oxer zu. Blick zum Hindernis, Absprung – schon wieder zu früh! Mila kippte nach vorn. Beinahe wäre sie aus dem Sattel gerutscht.

„Mila, stopp!"

Mila sah, wie Tamara auf sie zukam. Sie hielt an.

„Steig ab!", befahl Tamara.

Mila gehorchte.

„Was war das?" Tamara sah sie durchdringend an. Dann griff sie an Milas Stirn. „Hast du Fieber? Einen Hitzschlag? Du bist ganz rot. Ist alles gut?"

Mila schluckte und fasste sich wieder. „Ja, alles okay."

Nun wurde Tamaras Blick wieder streng. „Wenn du nicht krank bist, war das hier eine extrem schlechte Leistung. Du hast Adesso in Gefahr gebracht. So unkonzentriert kannst du nicht weiterreiten. Für dich ist das Training für heute vorbei. Du kannst gehen."

Oje. Tamara schloss selten jemanden vom Training aus. Mit hängenden Schultern führte Mila Adesso aus der

Halle. „Sorry, Großer", flüsterte sie und strich ihm über das Fell.

Mila musste an Jan und Yasmin vorübergehen. Sie versuchte, sie zu ignorieren.

„Mila!" Jan kam auf sie zu. „Mila, geht es dir gut?"

Mila wusste nicht, was sie darauf antworten sollte. Ihr war klar, dass sie besser nichts über ihn und Yasmin sagen sollte, doch da kamen die Worte schon aus ihr herausgesprudelt: „Hattet ihr einen schönen Vormittag zusammen?"

Dabei funkelte sie Yasmin böse an.

Yasmin lächelte nur freundlich zurück. Jans Gesicht aber wurde ernst.

„Was soll denn der seltsame Ton?"

„Wo wart ihr? Eis essen? Festland? Frühstücken?" Milas Ton wurde noch schärfer. Nun sah sie auch Jan zornig an.

Jan trat einen Schritt zurück. „Wird das jetzt so ein Mega-Wutanfall von dir? Sorry, darauf hab ich keine Lust. Schrei jemand anderen an." Damit drehte er sich um und ging mit schnellen Schritten aus der Halle.

Yasmin sah Mila offen an. „Er war beim Zahnarzt. Ich habe allein geschwänzt." Sie lachte. „War echt langweilig.

Nächstes Mal musst du wieder mitkommen!" Sie winkte kurz und ging dann zu den anderen hinüber, sicherlich, um beim Training zuzusehen.

Milas Zorn war auf einmal verflogen. Jetzt war sie nur noch verblüfft. Wie konnte Yasmin so nett zu ihr sein? Als wäre nichts gewesen. Als hätte Mila sie nicht gerade unglaublich böse angesehen. Und Jan … Wo steckte der eigentlich? Mila beeilte sich, ihm zu folgen, doch Jan war schon fort. Mila überlegte, ob sie ihn auf dem Gelände suchen sollte – aber dann verwarf sie den Gedanken. Sicherlich war er nach Hause gegangen. Dort wollte sie nicht hin, wegen Charly. Außerdem musste sie sich noch um Adesso kümmern. Traurig ging sie in den Stall.

Im selben Moment tauchte Michel neben ihr auf.

„Geht es dir und Adesso gut?", fragte er kurzatmig.

Mila brauste sofort auf. „Ja, es geht ihm gut. Ich kümmere mich schon um mein Pferd!"

Michel hob abwehrend die Hände. „Ich wollte wissen, wie es *euch* geht. Das war kein Angriff!"

Mila biss sich auf die Lippen. „Sorry, ich bin nicht so gut drauf."

„Schon gut", meinte Michel. „Sollen wir noch ein bisschen durchs Wäldchen reiten? Ganz langsam zum Ausspannen? Ich habe nur eine Runde gemacht und Tamara dann gebeten, gehen zu dürfen. Hier bin ich nun – zu deiner freien Verfügung." Er verbeugte sich.

Mila musste lachen. „Na gut, überzeugt. Etwas Bewegung ohne Ziel tut uns sicher gut, was, Dicker?" Sie blickte zu Adesso hoch. Zur gleichen Zeit fasste Michel sich an den Bauch. „Ach, so viel ist es? Ich dachte immer, man sieht mir die fünf Kilo nicht so an …"

Mila grinste. „Als ob du einen Bauch hättest! Vielleicht solltest du daran arbeiten und später mit mir ein Eis essen."

Michel verneigte sich wieder. „Euer Wunsch ist mir Befehl."

Sie stiegen auf und trabten gemächlich Richtung Wäldchen.

Es war ein schöner Nachmittag. Sie nahmen sich Zeit, hielten immer wieder an, um eine Pause zu machen, und waren erst nach einer Stunde zurück. Inzwischen hatten alle anderen ihre Pferde in die Boxen gebracht und versorgt, sodass sie allein im Stall waren. Sie kümmerten sich zuerst um Adesso und Pferdinand – dann lief Michel ins Büro und kam mit zwei Eis am Stiel zurück.

„Adliger geht es heute leider nicht, meine Teuerste“, sagte er und reichte Mila die Schoko-Variante.

„Perfekt“, stöhnte Mila zufrieden und ließ sich auf einen Hocker nieder.

„Wie läuft es mit Yasmin?“, erkundigte Michel sich.

Mila warf ihm rasch einen Seitenblick zu. Wurde das jetzt ein Verhör? Nein, Michel schien nur interessiert zu sein.

„Nicht so toll“, gab Mila zu. „Sie ist doch sehr oberflächlich, du hattest recht.“ Sie dachte kurz nach. „Yasmin ist unglaublich nett und kommt damit überall gut durch. Eine Freundin, auf die man sich verlassen kann, ist sie aber nicht.“ Mila schüttelte sich innerlich, als sie an Yasmins Aussage über Jan und Carsten dachte. Als könnte man jemanden einfach mal so austauschen. Ob Yasmin an niemandem etwas lag?

„Vielleicht hat sie daheim gelernt, dass man sich auf niemanden verlassen kann“, riet Michel. „Oder ihre Eltern haben sie mal enttäuscht oder im Stich gelassen. Oder ihre Freunde.“

Mila lächelte. „Etwas ganz Ähnliches habe ich gerade auch gedacht. Können Sie Gedanken lesen, Herr Gründgen?“

„Bisschen“, antwortete Michel geheimnisvoll.

Mila seufzte wohlig. Es machte einfach Spaß, mit Michel zusammen zu sein.

„Morgen ist schon unsere Prüfung“, sagte Michel.

Mila zuckte zusammen. „Ich weiß“, erwiderte sie. „Und nach dem, was ich mir heute im Training geleistet habe, weiß ich nicht, ob ich da so gut abschneide …“

„Eigentlich ist es ja nicht schlimm, wenn es schiefgeht“, fand Michel. „Versetzt wirst du, die Prüfungen sind durch. Jetzt geht es nur noch mal darum zu zeigen, dass man seine Schwächen gezielt angeht.“

„Na ja, es wird immerhin im Zeugnis unter der Sozialnote aufgeschrieben, habe ich gehört“, klagte Mila.

Michel lächelte. „Ja, aber wenn da steht: ‚Hat ihre Ziele nicht stark genug verfolgt.‘ Ist das dann wichtig?“

Mila schwieg. Vielleicht war es nicht für jeden wichtig. Aber für sie schon. Sie wollte ihren Eltern zeigen, dass sie sich bemühte. Dass sie gut aufgehoben war im Internat. Dass sie sich keine Sorgen machen mussten. Außerdem wollte sie sich selbst beweisen, dass sie ehrgeizig und gut war. Und Jan und Charly wollte sie es irgendwie auch beweisen.

Plötzlich musste Mila über sich selbst lachen. Ganz

schön hohe Ziele, die sie sich da setzte. Von wegen Mittelmaß!

„Du hast es drauf", fand Michel.

Und dieser Satz tat Mila so richtig gut.

Sie sprang auf. „Ich habe eine Idee", sagte sie. „Komm!"

In der Küche war um diese Zeit noch niemand. Erst in ungefähr einer halben Stunde würde Frau Käthe wieder hereinschneien, um mit ihren Küchenhilfen das Abendessen vorzubereiten.

„Wir machen Pommes", erklärte Mila.

Michel hob erstaunt eine Augenbraue.

„Pommes? Kannst du das überhaupt? Ist das nicht mit Fritteuse und heißem, spritzendem Fett und so?"

„Angsthase", kicherte Mila. „Aber keine Sorge, wir machen es im Ofen. Du bist der Küchenjunge und ich bin die Chefin."

Michel zog eine Schnute. „Das heißt, ich muss die Kartoffeln schälen?"

„Ja. Aber ich auch."

Gemeinsam schälten sie einen kleinen Haufen Kartoffeln. Und weil der grün-weiße Fenchel Mila so anlachte, beschloss sie, auch noch Fenchelpommes zu machen.

Das hatte sie noch nie probiert. Sie schnitten die Knollen in Streifen und wendeten sie in Öl und Salz. Dann kamen sie auf ein Backblech und Michel schob sie in den Ofen.

Während Mila noch die Backzeit einstellte, räumte Michel schon auf.

Mila sah ihn zufrieden an. Genau, den Dreck wegmachen und nicht andere Leute für einen arbeiten lassen. So wollte sie sein. Und so stellte sie sich auch ihre besten Freunde vor. Während sie die Ablagen abwischte, spürte Mila, dass sie Charly verziehen hatte. Gleich morgen nach der Prüfung würde sie zum Isländerhof reiten und sich mit Jan und Charly versöhnen. Sie grinste. Die große Versöhnung zum Schuljahresende. Das war doch perfekt.

Sehr zufrieden kauerte sie eine Stunde später mit Franzi, Isa und Michel auf dem Sofa im Gemeinschaftsraum. Sogar Nele war dazugekommen. Mila hatte die Pommes gerecht verteilt – es reichte aber nur für eine kleine Schüssel pro Person.

„Passt schon", fand Franzi. „Gibt ja gleich Abendessen." Sie biss in eine gelbe Fritte. „Mmh!", machte sie. Dann versuchte sie eine weiße Stange. Und hustete. „Was ist denn das? Das schmeckt … komisch."

„Aber nicht schlecht“, fand Nele. „Nach Lakritze irgendwie.“

Bis auf Franzi mochten alle die Fenchelpommes. Mila selbst auch.

„Du wirst doch noch mal Köchin“, vermutete Isa.

„Aber nur, wenn das mit der Reitkarriere nicht funktioniert!“, rief Mila strahlend. Der Entschluss, am nächsten Tag alle Sorgen zu beseitigen, bescherte ihrem Herzen tiefe Zufriedenheit. So würde sie sicher auch ohne große Probleme die Reitprüfung hinter sich bringen.

Die Prüfung

Alle guten Vorsätze halfen nicht, nervös war Mila trotzdem. Ganz schrecklich nervös. Diese blöde Prüfungsangst! Dabei stand doch heute gar nichts auf dem Spiel! Schon beim Frühstück brachte Mila kaum einen Bissen hinunter. Früh am Morgen hatte sie noch mit ihren Eltern geskypt, die sie natürlich bei der Arbeit gestört hatte, schließlich war es dort eine Stunde später als in Deutschland – aber sie brauchte einfach Zuspruch! Sonst machte Charly das immer. Aber die war ja nicht da. Noch nicht! Später würde Mila sie zurückholen. Erst war da aber noch dieser blöde Test. Oh, sie hasste Prüfungen!

„Wenn du die Zähne so fest aufeinanderpresst, kannst du nichts essen", meinte Nele trocken. Sie hielt Mila einen halben Apfel vor die Nase. „Hier, beiß kräftig zu, das entspannt die Kiefermuskeln."

Mila sah auf. Nele war ja ausgesprochen gut drauf heute! Sie lächelte sogar!

„Du magst solche Tests, oder?“, fragte Mila neidisch.

Nele nickte. „Das auch. Aber heute ist sowieso ein guter Tag.“

Mila sah, dass Franzi und Isa sich misstrauische Blicke zuwarfen, doch sie freute sich für Nele. Sie griff nach dem Apfel. „Danke“, sagte sie leise.

Ihre Hand wanderte zu dem kleinen goldenen Hufeisen, das an ihrer Kette hing. Der Talisman ihrer Mutter, der ihr in diesem Jahr Glück bringen sollte. Und es ja auch tat. Mila versuchte, zuversichtlich zu sein.

„Mila, es ist doch nur ein interner Test. Davon hängt nichts ab“, wiederholte Franzi nun schon zum dritten Mal.

„Ich weiheiß“, brummte Mila. Es war doch seltsam, dass der Kopf etwas wusste, aber der Magen keine Ahnung hatte und selbst entschied, dass er sich laufend drehen wollte. Milas Herz hatte offenbar auch keine Info erhalten, denn es pochte wie verrückt.

„Wenigstens ist die Prüfung vormittags, da muss man nicht so lange drauf warten“, knurrte sie.

Es waren an diesem Tag sowohl draußen als auch

drinnen die unterschiedlichsten Hindernisse aufgebaut. Milas Test fand in der Halle statt. Sie war um genau elf Uhr fünfzehn an der Reihe.

Sie wollte sich bis dahin noch etwas die Zeit vertreiben, indem sie Michel besuchte. Also klopfte sie an die Bürotür und öffnete diese gleich.

„Oh, sorry", entfuhr es ihr, als sie Jakob entdeckte, der an der Wand stand und sich nun über die Augen wischte. Hatte er geweint?

„Schon gut, ich wollte eh grad gehen", sagte er und schob sich an Mila vorbei. „Viel Glück nachher, Mila."

„Danke", erwiderte Mila. „Dir auch!" Sie drehte sich zu Michel um, der nachdenklich in der anderen Zimmerecke stand. „Ist alles in Ordnung mit Jakob?", fragte sie.

Michel wiegte den Kopf hin und her. „Eher nicht", meinte er. „Sie sind alle drei unglücklich."

„Alle drei?" Mila verstand nicht, was er meinte.

„Jakob, Windfuchs und Feuerfuchs", erklärte Michel.

„Ach, Jakobs und Marks Pferde!" Jetzt verstand Mila, was er meinte. Marks Pferd war nach seinem Fortgehen hiergeblieben – Mila wusste gar nicht genau, warum. Ob das eine Bestrafung für Mark gewesen war?

„Können wir etwas tun?", fragte Mila besorgt.

Michel hob die Hände. „Keine Ahnung. Ich rede Jakob immer gut zu und kümmere mich auch um Feuerfuchs, aber er ist einfach fix und fertig. Auch wenn Mark und Jakob sehr verschieden sind, gehören sie doch zu der Sorte Zwillinge, die sich ohneeinander nicht vollständig fühlen."

Das verstand Mila nun wirklich sehr gut. Schon ohne ihre Freundin Charly fühlte sie sich nur halb. Wie musste es da erst bei Zwillingen sein?

„Ich bin immer noch wütend auf Mark, weil er damals den Verdacht auf mich gelenkt hat", gab Michel zu. „Aber wenn ich Jakob so sehe, denke ich fast, es wäre besser, wenn Mark zurückkommen würde."

„Das geht nicht", meinte Mila erschrocken. „Er hat Pferdinand mit dieser brennenden Creme bewusst gequält!"

„Ich weiß", sagte Michel. Dann blickte er auf und lächelte. „Komm, gehen wir mal zu den Pferden. Für Jakob können wir gerade sowieso nichts tun. Vielleicht heitert ihn das Abschlussfest auf."

Mila folgte Michel aus dem Büro und ging in Gedanken noch einmal den heutigen Tag durch: Heute Nachmittag würde sie sich mit Charly und Jan versöhnen –

und am Abend gab es für die gesamte siebte Klasse eine Schnitzeljagd mit anschließendem Abschlussfest und Lagerfeuer. Sie würde sich auch um Jakob kümmern und alles würde gut werden. Da war Mila sich ganz sicher!

Milas Zuversicht schwand allerdings nur wenige Sekunden, nachdem sie die Bürotür hinter sich geschlossen hatte. Ihr Herz raste vor Aufregung. Diese dämliche Prüfungsangst!

Michel wandte sich Pferdinand zu und Mila ging zu Adesso. Nanu? An der Boxentür klebte ein Zettel! Neugierig öffnete Mila ihn. Darauf prangte ein großes rosafarbenes Herz in der Mitte und drum herum stand: *Liebe Mila, das Glück aller Hufeisen der Welt ist mit dir! Deine Tini.* Mila schmolz förmlich dahin. Was für eine tolle Cousine sie doch hatte! Während sie noch auf die Nachricht starrte, versuchte Adesso, am Zettel zu knabbern.

„Hey, Großer", mahnte Mila. „Du frisst doch sonst nichts, was du nicht kennst. Der Zettel ist für mich, damit ich nicht mehr so nervös bin. Du bist ja nicht aufgeregt." Sie drehte ihm das Gesicht zu. „Oder?"

Adesso schnaubte.

„Igitt!" Lachend wischte Mila sich das Gesicht trocken.

„Ach, Adesso, du weißt auch wirklich immer, wie du mich aufheitern kannst!“

Liebevoll schmiegte Mila sich an ihren großen Freund. Seine Wärme und der Duft des dunklen Fells waren das beste Beruhigungsmittel der Welt. Sogar Milas Herz beschloss, langsamer zu schlagen.

Ganz in Ruhe bereitete Mila Adesso und sich selbst vor. Zur Feier des Tages hatte sie sich im Beisein von Isa die Weste aus Charlys Schrank geholt, die ihre Freundin am liebsten zu solchen Anlässen trug. Ein dunkles Blau mit cremeweißen Nähten und dem üblichen Stickemblem darauf. „Königlich“, flüsterte Mila, als sie die Weste nun noch einmal glatt strich. Sie wünschte Michel rasch viel Glück und führte Adesso dann aus dem Stall: Sie war bereit.

Vor Mila war Yasmin an der Reihe. Sie zwinkerte Mila zu, als sie diese entdeckte. Mila konnte sehen, wie lustlos Yasmin den Test absolvierte. Ein Wunder, dass sie überhaupt dazu erschienen war.

Auf den Tribünen und am Rand saßen und standen eine Menge fremder Menschen. Das waren sicher die Eltern und neuen Schüler, dachte Mila. Ein kleines

Grüppchen von fünf Jugendlichen klatschte und johlte. Ob das Yasmins alte Clique war? Ja, ganz offensichtlich. Mila zog sich der Magen zusammen. Hoffentlich machten die keinen Quatsch, wenn sie gleich dran war! Doch im nächsten Moment erklang die Bitte aus den Lautsprechern, ruhig zu sein. Pferde und Reiter bräuchten Stille, um sich auf ihren Ritt konzentrieren zu können. Die Gruppe gehorchte tatsächlich und es wurde leise in der Halle.

Als Yasmin fertig war, wurde das Ergebnis nicht über den Lautsprecher verkündet. Stattdessen erläuterten Tamara und Luke den Schülern jeweils gleich nach dem Ritt, wie sie abgeschnitten hatten.

Yasmin ritt an Mila vorbei aus der Halle. „Toi, toi, toi", sagte sie. „Ich bring Goldfever weg und komm dann zusehen!"

Mila nickte abwesend. Ehrlich gesagt, war ihr ganz egal, wer zusah. Das machte es weder besser noch schlechter. Sie griff ein letztes Mal an das goldene Hufeisen um ihren Hals, dann straffte sie sich, lächelte und trabte an.

Milas Herz klopfte zwar, aber sie spürte, dass sie sich heute gut konzentrieren konnte. Sie grüßte Tamara und Luke wie bei einem Wettkampf und lenkte Adesso zur

Startposition. Kurz ging sie in Gedanken den Weg durch und die wichtigsten Fähigkeiten, die sie heute unter Beweis stellen sollte: Tempo, Absprung, Haltung. Los ging es.

Sie starteten super. Adesso war leichtgängig. Er schien es zu genießen, mal wieder vor mehr Publikum zu reiten. Er ließ sich einfach lenken und reagierte sofort auf alle Hilfen. Der Absprungzeitpunkt vorm ersten Steilsprung war perfekt. Sie landeten weich und Mila nahm sofort das nächste Hindernis in den Blick. Es begann, ihr Spaß zu machen. Auch die Mauer und das dritte Hindernis waren kein Problem. Mila ritt einen großen Bogen und setzte zur zweiten Runde an. Steilsprung, Kurve und – plötzlich brüllte jemand: „Yasmin! Du bist die Beste!" Mila zuckte zusammen – Adesso auch. Sie hatte Mühe, ihn ruhig zu halten, und ritt noch einmal eine weite Kurve. Ihr Blick fiel kurz auf Yasmin, die gerade den Finger an die Lippen legte. Sofort war die Gruppe ruhig. Doch in dem Moment, als Mila angaloppierte und an ihnen vorbeimusste, zogen sie ein riesiges Banner auseinander, auf dem *Yasmin für Olympia* stand. Und leider war das Banner schreiend neongelb.

Adesso scherte sofort nach links aus. Seine Angst vor der Farbe Gelb hatte Mila in letzter Zeit ganz vergessen –

nun holte sie diese Furcht beide wieder ein. Adesso war kaum zu beruhigen, auch als das Plakat wieder verschwunden war, zappelte er unruhig herum. Mila wusste genau, dass sie ihm jetzt kein Hindernis mehr zumuten konnte. Verdammt, immer ging alles schief!

Mila wollte nur noch raus. Als sie in schnellem Trab aus der Halle ritt, hörte sie lahmen Applaus. Auch ein „Mila!“ hörte sie noch, aber sie wollte jetzt bestimmt nicht die Enttäuschung in Tamaras Blick sehen – oder Lukes tröstendes Lächeln. Zügig lenkte sie Adesso fort vom Internat in die Dünen. Nur weg hier.

Weglaufen ist einfach

Milas gute Laune war verschwunden. Ihre Träume von einem guten Schuljahresende waren geplatzt. Nun musste sie ihren Eltern tatsächlich ein Zeugnis mit schlechter Bemerkung zeigen. Eigentlich hatte sie es stolz beim Skypen präsentieren wollen, aber nun war es wohl besser, sie schickte es nur als Foto per Handy. Dann würde sie die Enttäuschung ihrer Eltern nicht sofort sehen. War es wirklich erst ein paar Wochen her, dass sie Mila gelobt hatten? Dass sie stolz auf ihre Reitkünste gewesen waren? Verflixt, nun bekam Mila auch noch schreckliches Eltern-Heimweh. Sie bemühte sich, den Kloß in ihrem Hals runterzuschlucken, und bremste Adesso, bis er nur noch im Schritt ging. Eigentlich hatte sie vorgehabt, zum Isländerhof zu reiten, um sich mit Charly und Jan zu versöhnen. Doch nachdem die Prüfung so schlecht gelaufen war, war sie sich auch in diesem Punkt nicht mehr so sicher. Was, wenn sie überhaupt keine Versöhnung mit ihr wollten? Was, wenn Charly sauer wurde, weil Mila sie besuchte? Und wenn Jan noch wütend war wegen Milas Herumgeschnauze? Vielleicht war heute einfach ihr Pechtag …

Mila wechselte die Richtung und lenkte Adesso ans Meer. Sie wurde immer trauriger und ihre Gedanken drehten sich im Kreis. Schließlich flammte ihr Zorn gegen Jan und Charly wieder auf. Eigentlich hatte doch sie, Mila, das Recht, sauer zu sein. Hatten nicht alle sie belogen und betrogen? Hinterhältig und fies – so behandelte man doch keine Freundin! Sie trieb Adesso an und steckte ihre ganze Wut in einen rasanten Galopp.

Auf einmal nahm Mila wahr, dass jemand von den Dünen her Richtung Strand lief. War sie etwa schon in Höhe des Isländerhofes? Tatsächlich. Und die Person, die auf sie zukam, war Jan.

Mila ritt auf ihn zu und bremste Adesso erst im letzten Moment ab. Abrupt sprang sie von Adessos Rücken – und knickte um. „Autsch!", schrie sie und klammerte sich an die Zügel.

Jan war sofort an ihrer Seite. „Was ist?" Seine Stimme klang besorgt.

Mila schossen die Tränen in die Augen.

„Nichts", schimpfte sie.

Jan lächelte – vermutlich über ihre trotzige Antwort. Aber Mila war so enttäuscht, dass sie ihn weiter anfuhr: „Immer belächelst du mich. Und belogen hast du mich auch. Was soll das?"

Jans Blick wurde ernst. „Ich lache nicht über dich." Er sah ihr in die Augen. „Niemals."

Mila konnte nichts dagegen machen, dass ihr nun die Tränen über die Wangen liefen. „Aber belogen hast du mich", flüsterte sie. Dann lehnte sie ihren Kopf an Jans Schulter und weinte.

Jan hielt sie fest.

Mila spürte seine Wärme. Er umarmte sie liebevoll und schmiegte seine Wange an ihr Haar.

Als Mila schließlich weniger schluchzte, begann er, alles zu erklären: „Es tut mir so leid, Mila. Ich weiß, dass es für dich furchtbar sein muss. Es war schrecklich, dich anzulügen, glaub mir. Doch es ist nicht mein Geheimnis." Er nestelte an seiner Jackentasche herum und reichte Mila ein Taschentuch. Sie nahm es und schnäuzte sich.

Jan suchte ihren Blick. „Mila."

Mila hob den Kopf.

Seine blauen Augen sahen sie liebevoll an. „Ich kann dir nichts sagen. Verstehst du?“

Mila seufzte. „Ich weiß es doch schon seit ein paar Tagen: Charly wohnt bei euch.“

Jan blickte sie erstaunt an. „Warum hast du nichts gesagt?“

Mila zuckte mit den Schultern. „Ich wollte ja, aber du bist gleich weggegangen. Außerdem habe ich gehofft, du erzählst es mir.“

Jan lächelte schief. „Das wollte ich ja auch. Aber Charly …“

„Auf die bin ich auch sauer“, sagte Mila bockig. Doch dann musste sie über sich selbst lachen.

„So ist’s besser“, meinte Jan. Dann schob er sie ein Stück von sich. „Okay, ich helfe dir jetzt auf Adessos Rücken, und dann reiten wir zu meiner Mutter. Wir müssen den Knöchel kühlen.“

Das war gar nicht so einfach, obwohl Adesso sich als das geduldigste Pferd der Welt erwies. Doch Milas Knöchel tat so weh, dass sie ständig zusammenzuckte und wieder heruntersackte. Irgendwann hatten sie es dann geschafft und machten sich auf den Weg zum Isländerhof.

„Weißt du, ich wollte noch …“

„Sag mal, ich muss noch …“

Sie lachten.

„Du zuerst“, begann Jan.

Mila zog die Nase kraus. „Es ist peinlich“, meinte sie. „Ich wollte nur sagen, mein Gemecker wegen Yasmin, das tut mir leid. Ich bin sonst nicht so …“

Jan grinste. „Das wollte ich auch klären. Also das mit Yasmin. Kein Grund, eifersüchtig zu sein. Sie ist echt nett und immer so fröhlich … Aber sie ist mir zu oberflächlich. Ich steh mehr auf andere Mädchen …“ Er sah sie lange an.

Mila wurde rot. „Ja, äh …“

Zum Glück kam in diesem Moment Anna auf sie zugelaufen.

„Mila“, rief sie begeistert. „Endlich! Ich habe dich schon vermisst! Wenn Jan dich hierherbringt, gehe ich davon aus, dass sich jetzt alles klärt, oder?“ Sie sah ihren Sohn prüfend an.

Der nickte.

„Sehr schön“, erwiderte Anna. „Dann kommt mal rein.“

„Mila ist umgeknickt“, erklärte Jan.

Anna sah sie erschrocken an. „Warte, dann helfe ich.“

Gemeinsam stützten sie Mila beim Abstieg. Anna nahm ihre Hand und legte sie sich um die Schultern. „Dann humpeln wir mal ins Haus. Jan, kümmerst du dich um Adesso?“

„Klar.“ Jan griff nach den Zügeln.

Mila verzog das Gesicht, als sie mit Anna in die Küche humpelte.

„Tut echt weh, oder?“, fragte Anna mitfühlend. „Glück gehabt, es gibt ja auch ganz andere Unfälle. Wenn ich da an Chr…“ Sie stoppte und wurde rot. „Na ja, an andere Menschen denke, die mit ihren Pferden schlimme Unfälle hatten …“

Mila sah sie interessiert an. „Hast du so was mal miterlebt?“

Anna überlegte, ehe sie antwortete: „Nicht direkt. Aber ein sehr guter Freund von mir hatte einen Unfall. Er war einfach viel zu ehrgeizig.“

„Wer denn? War er berühmt?“

Nun lächelte Anna. „Nein, ja, ich weiß gar nicht. Ich habe schon lange keinen Kontakt mehr zu ihm. Und jetzt genug von den alten Geschichten. Hock dich hierhin.“

Sie setzte Mila auf der schönen Küchenbank mit den bunten Kissen ab. Mila fühlte sich gleich ein wenig getröstet – Annas Küche war wundervoll heimelig und gemütlich.

Anna holte ein Coolpack und zog Mila dann den Schuh aus. Mila stöhnte vor Schmerz auf.

„Schön stillhalten", mahnte Anna. Sie betrachtete den Knöchel kurz und legte dann das blaue Kissen auf den Knöchel. „Nicht geschwollen und auch sonst unauffällig. Vermutlich nur verstaucht. Wir kühlen erst einmal und dann rufe ich gleich den Arzt. Aber zuerst hole ich Charly." Sie stemmte die Hände in die Hüften. „Ich habe nämlich wirklich genug von ihrem Gejammer wegen ihrer besten Freundin." Nun zwinkerte sie Mila zu.

Mila sah ihr überrascht nach. Gejammer wegen der besten Freundin? Weil sie sauer war oder weil Mila ihr fehlte? Mila wurde es mulmig.

Kurz darauf schob sich zögernd eine schmale Gestalt durch die Küchentür.

Mila starrte sie an. War das Charly? Wohin waren ihre langen roten Locken verschwunden? Charlys Haare waren total kurz! Kürzer als Jans!

Charly wurde rot unter Milas prüfendem Blick. „Ich musste etwas verändern. Irgendetwas, das mir das Prinzessinnenhafte nimmt."

Da lachte Mila aus vollem Hals los. Und Charly lachte mit. Sie ließ sich neben Mila auf die Bank plumpsen und dann gackerten sie so lange, bis alle Aufregung, Wut und Enttäuschung herausgelacht waren.

Mila wischte sich die tränenden Augen. „Das tat gut“, seufzte sie.

Charly nickte und schubste zart mit ihrer Schulter gegen Milas. „Wieder gut?“, fragte sie leise. „Es tut mir so leid.“

Mila zog die Nase hoch. „Mir auch“, erwiderte sie. Und musste schon wieder lachen, als Charly ihr prompt ein Taschentuch entgegenhielt. Denn Schniefen gehörte sich nun mal nicht. „Das Prinzessinnenhafte kriegst du nicht mehr raus, das steckt tief in dir drin“, meinte Mila.

Charly biss sich auf die Lippe. „Sorry.“

„Kein Problem, so mag ich dich“, versicherte Mila. Dann strich sie über Charlys kurzen roten Haarschopf.

„Nicht gut?“, fragte Charly unsicher.

„Doch“, sagte Mila. „Dir steht einfach alles. Sieht toll aus. Aber so leid es mir tut – du wirkst immer noch sehr fein und edel. Jetzt sieht man deine Wangenknochen viel stärker und das macht ein richtiges Modelgesicht.“

Charly errötete – diesmal vor Freude. „Ich hab dich

echt vermisst“, sagte sie unvermittelt. „Erst wollte ich ganz weg, sofort runter von der Insel. Aber irgendwie bin ich einfach losgerannt und hier gelandet. Anna hat mich getröstet und ins Bett gesteckt. Als ich wieder aufwachte, hatte sie bereits Frau Steinbach informiert. Und dann bot sie mir an, ein paar Tage hierzubleiben. Um Abstand zu gewinnen.“ Sie zuckte mit den Schultern. „Das tat echt gut, weißt du – aber mit jedem Tag wurde mir mein Weglaufen peinlicher.“ Sie hob entschuldigend die Hände. „Ich hatte mir fest vorgenommen, beim Abschlussgrillen aufzutauchen. Jetzt warst du schneller …“

Mila lächelte. „Zwei Freundinnen, ein Gedanke.“ Sie wurde wieder ernst. „Aber nächstes Mal keine Geheimnisse mehr, okay? Ich bin deine Freundin. Ich helfe dir, egal, was ist.“

Charly nickte heftig. „Versprochen.“ Sie griff nach Milas Hand und drückte sie fest.

In diesem Moment ging die Tür ging auf und Jan kam herein. Sein Blick wanderte sofort zu ihren verschränkten Händen. Er grinste zufrieden.

„Jan Lewis! Du sollst da nicht reingehen!“, donnerte Annas Stimme ihm aus dem Flur hinterher.

Mila und Charly lachten auf.

„Schon okay“, rief Charly. „Du kannst auch kommen!“

Anna tauchte im Türrahmen auf. „Ach, dann habt ihr es geschafft. Na endlich.“ Sie strahlte. „Auf den Schreck brauche ich jetzt unbedingt einen heißen Tee.“ Sie begann, emsig in der Küche herumzuschwirren. „Hilf mir, du ungehorsamer Sohn!“

Jan zuckte entschuldigend mit den Schultern und holte Teetassen aus dem Schrank. Dann griff er nach einer Blechdose über dem Kühlschrank.

„Woher weißt du, wo meine besten Keksvorräte stehen?“, empörte sich Anna.

„Ach, Muttchen“, scherzte Jan und duckte sich, damit der Teebeutel, den Anna eigentlich gerade in die Kanne hängen wollte, ihn nicht am Kopf traf.

„Wenn du noch ein Mal Muttchen sagst“, drohte Anna ihm lachend.

Mila sah genüsslich zu. Sie war selig. Da vergaß sie sogar fast den brennenden Knöchel – alles war wieder gut.

Zurückkommen ist nicht so einfach!

Mila genierte sich. Sie war heute Morgen einfach von der Prüfung weggeritten, ohne zu sagen, wohin. Anna hatte zwar gleich nach Milas Ankunft auf dem Hof im Internat angerufen und dort alle beruhigt, aber Mila war es dennoch schrecklich unangenehm. Und sie konnte Charly ansehen, dass es ihr genauso ging. Vermutlich noch viel schlimmer, denn sie war ja noch viel länger fort gewesen.

„Ich habe irgendwie Schiss", flüsterte Charly ihr zu.

Mila griff ermutigend ihre Hand. Der Nachmittag war so friedlich gewesen! Anna hatte den Inselarzt gerufen, der Milas Fuß untersucht hatte und dann meinte, es sei nichts Ernstes. Einen Tag lang den Fuß hochlegen müsste genügen, fand er. Der Verband war unauffällig und diente wohl eher zur Erinnerung, den Fuß nicht zu sehr zu belasten. Doch Anna hatte Mila umsorgt, als sei sie gerade dem Tod von der Schippe gesprungen.

Zum Mittagessen gab es eine kräftige Suppe, danach eine Ruhepause draußen auf den Sonnenliegen. Jan brachte ihr Getränke, und Charly plauderte und fragte ihr Löcher in den Bauch über alles, was im Internat geschehen war. Alles in allem war es ein wundervoller Nachmittag gewesen.

Doch nun fuhr Anna Charly und sie in ihrem kleinen Lieferwagen zum Internat zurück. Jan ritt Adesso und wollte ihn auch dann gleich noch im Stall versorgen. Er würde also etwas später zu ihnen stoßen.

Vor dem Eingang des Internats half Anna Mila aus dem Auto und verabschiedete sich von ihnen beiden.

„Alles wird gut, macht euch nicht so viel Sorgen", sagte sie aufmunternd. „Ich rufe heute Abend noch mal an." Dann stieg sie winkend in den Lieferwagen und brauste davon.

Die Nachricht, dass Mila und Charly wieder da waren, sprach sich in Windeseile herum. Noch während sie sich auf den Weg ins Büro von Frau Steinbach machten, wurden sie von Mitschülern und Freunden umringt.

Franzi und Isa umarmten Mila und Charly. „Gut, dass ihr wieder da seid“, riefen sie.

„Hallo, Frau von und zu König“, witzelte ein Junge aus der Klasse über ihnen.

„Hallo, Dämlack“, antwortete Mila an Charlys Stelle.

Charly grinste. „Schon gut, ich werde ihn einfach köpfen lassen.“

Sie lachten.

Der Junge zog eine Grimasse.

Mila lächelte. Es fühlte sich gut an, zwischen all ihren Freundinnen zu sein. Ins Büro der Direktorin mussten Mila und Charly allerdings ohne die anderen.

Sie setzten sich auf die beiden Stühle vor dem Schreibtisch. Frau Steinbach lächelte sie freundlich an.

„So, da habe ich meine beiden Ausreißer ja wieder daheim“, sagte sie gutmütig.

Charly und Mila wurden gleichzeitig rot.

„Entschuldigung“ und „Tut mir leid!“ murmelten sie.

„Obwohl ich denke, dass ihr es verstanden habt, möchte ich noch einmal deutlich sagen, dass es nicht in Ordnung ist, sich vom Internat zu entfernen, ohne jemanden zu informieren. Es haben sich eine Menge Menschen Sorgen um euch gemacht.“ Sie stand auf und ging um den Schreibtisch herum. „Auch, wenn ich deine Gründe nachvollziehen kann, Charlotte, hast du Mila und auch uns anderen viel zugemutet. Wir müssen unbedingt eine Lösung für dein Dilemma finden."

Charly nickte geknickt.

„Und dich, Mila, möchte ich erneut darum bitten, dein Temperament zu zügeln. Nur wegen einer misslungenen Prüfung kannst du nicht einfach verschwinden."

Frau Steinbachs strenger Blick ließ Mila auf dem Stuhl zusammensinken.

„Jawohl", flüsterte sie.

Die Direktorin atmete tief durch. „So, genug geschimpft. Nun überlegen wir, wie es weitergehen kann. Irgendwelche Vorschläge?"

Mila richtete sich auf. „Ich könnte den Test wiederholen, falls Luke und Tamara einverstanden sind. Und ich würde natürlich jede Strafarbeit erledigen, die Sie mir auftragen."

Frau Steinbach nickte zufrieden. „Die Strafarbeit fällt aus, ich glaube, du bist mit dem verstauchten Knöchel gestraft genug. Mit unseren beiden Lehrkräften habe ich schon gesprochen. Du hast Glück …" Sie machte eine kurze Pause. „Deine heute Morgen gezeigte Leistung genügt. Du wirst eine positive Notiz im Zeugnis bekommen."

Mila atmete erleichtert auf. Puh! Einmal Prüfungsangst gespart.

Nun meldete Charly sich zu Wort. „Also, ich … ich möchte gern bleiben, wenn Sie es erlauben …" Sie warf einen ängstlichen Blick auf Frau Steinbach, die zustimmend nickte. Charly lächelte erleichtert. „Äh, also, dann schlage ich vor, einmal eine offizielle kleine Pressekonferenz zu veranstalten, wenn es Ihnen recht ist – damit ist die Sache dann öffentlich und nicht mehr spannend für Paparazzi. Dann muss ich auch keine Angst mehr haben, dass es jemand erfährt."

Frau Steinbach sah sehr zufrieden aus. „Eine hervorragende Idee, Charlotte. Ganz Ähnliches hatte ich auch im Sinn. Ich würde dann die Presse für morgen einladen. Deine Eltern können mir sicher die passenden Medien nennen, die dafür infrage kommen. Morgen um elf?"

Charly nickte.

„Dann seid ihr entlassen", fügte Frau Steinbach hinzu. „Viel Spaß beim Feiern nachher!"

Die anderen waren schon eifrig mit den Vorbereitungen für das Fest beschäftigt. Mila und Charly fanden sie im Speisesaal, wo die Schüler der siebten Klasse gerade ihre Schnitzeljagd planten. Doch sie ließen sich gern von Charly und Mila ablenken.

„Hey, da seid ihr ja!“, strahlte Franzi. „Strafpredigt überstanden?“

„War gar nicht so schlimm“, murmelte Mila.

„Cooler Haarschnitt“, meinte Michel anerkennend zu Charly.

Sie strahlte. „Danke, ich musste die alten Zöpfe abschneiden. Äh, du weißt schon, dieser Spruch …“

Michel lachte. „Jaja, ich hab verstanden!“

Charly grinste schief. „Ich fürchte mich etwas davor, dass jetzt alle immer rufen werden: ‚So was sagt auch nur eine Prinzessin.‘ Das ging mir an meiner alten Schule dauernd so. Ich wollte mal ein normales Leben haben …“

„Tja, normal ist es hier ja zur Genüge“, sagte Nele.

Mila sah sie prüfend an, aber es schien, als sei das tatsächlich als nette und nicht als fiese Bemerkung gemeint gewesen. Und jetzt umarmte Nele sie auch noch!

„Nele, alles gut?“

Nele nickte selig lächelnd. Mila musste sie nachher unbedingt fragen, was da los war. Vielleicht hatte sie einen Zuckerschock von den vielen Süßigkeiten, die sie immer aß …

Mila und besonders Charly mussten nun ausführlich berichten, während sie fleißig die Kuchenreste verputzten, die Isa aus der Küche geholt hatte.

„So, nun will ich aber zu Vanilla“, sagte Charly kurz darauf. „Entschuldigt mich, ich habe da viel nachzuholen.“

Alle nickten verständnisvoll.

„Mila, treffen wir uns nachher auf meinem Zimmer?“, fragte Charly noch. „Wir werden ja wohl bei der Schnitzeljagd nicht mitreiten, oder?“

„Also ich mit meinem verletzten Knöchel auf keinen Fall“, erwiderte Mila. „Aber du natürlich. Oder hast du das Reiten verlernt?“

„Du sollst hier aber nicht allein rumhocken …“, begann Charly, doch Mila unterbrach sie: „Ich bin bei Frau Käthe in der Küche gut aufgehoben. Sieh du mal zu, dass du aufs Pferd kommst.“

Charly drückte ihr schnell ein Küsschen auf die Wange. „Danke!“, flüsterte sie und flitzte davon.

„Da sind die Seelen wieder vereint“, kicherte Isa.

Mila boxte ihr leicht gegen den Arm. „Wer reitet eigentlich vor und streut die Schnipsel für die Schnitzeljagd?“, fragte sie dann.

„Michel“, antwortete Franzi. „Aber wir wollen nichts ausstreuen, was die Umwelt verschmutzt. Und Kreide geht auf den Wegen schlecht. Deshalb haben wir uns überlegt, mit Wäschestücken den Weg zu markieren.“

Mila prustete los. „Mit Wäsche? Also mit Socken und auch Unterwäsche?“

Michel protestierte. „Ich schleiche bestimmt nicht herum wie ein Sittenstrolch und fummele Unterwäsche an die Zäune.“

Yasmin lachte laut auf und die anderen stimmten ein.

„Nein, alte Lappen oder so“, erklärte Nele. „Mit Wäscheklammern. Es wird ja nicht auf Zeit geritten, deshalb können wir in Ruhe alles wieder einsammeln.“

„Und damit es schön schwierig ist, müssen die Sachen und Klammern vom Pferd aus abgenommen werden“, fuhr Isa fort.

„Und festgemacht werden“, ergänzte Michel.

„Gute Idee!“ Mila zog eine Schnute. „Schade, dass ich nicht mitkommen kann.“

„Na, das werden wir noch sehen“, meinte Michel nur. „Ich muss jetzt meinem Vater helfen, das Lagerfeuer vorzubereiten. Jakob, kommst du mit?“

Nach und nach zerstreuten sich alle, jeder hatte noch irgendeine Aufgabe zu erledigen. Mila humpelte in die Küche.

„Du meine Güte, Mädchen, was hast du denn angestellt?“ Frau Käthe schlug entsetzt die Hände zusammen. Rasch schob sie Mila einen Stuhl hin. „Setz dich!“

Mila erzählte ihr alles, während die Köchin sie mit lauter Leckereien vollstopfte.

„Nun ist aber gut“, wehrte Mila sich schließlich lachend. „Eigentlich bin ich hergekommen, um zu helfen!“

„Du tust gar nichts, Mäuschen“, sagte Frau Käthe resolut. „Du darfst nachher glücklich am Feuer sitzen. Das ist doch auch schön. Nun leg dich hin und ruh dich ein bisschen aus!“

Wenn Frau Käthe so streng sprach, konnte man sich nicht widersetzen. Auch Mila nicht. Sie humpelte in ihr Zimmer und ließ sich aufs Bett fallen.

Offenbar war sie kurz eingeschlafen, denn sie zuckte erschrocken zusammen, als Charly durch die Tür hereinstürmte.

„Du ahnst es nicht – ich habe fünfhundertzweiundsechzig neue Nachrichten!“ Sie hielt Mila ihr Handy vor die Nase.

Mila gähnte und rieb sich die Augen. „Davon sind vermutlich fünfhunderteinundsechzig von mir“, krächzte sie verschlafen.

Charly lachte. „Ungefähr, ja. Übrigens hat Jan, wie abgemacht, Adesso hergeritten und in den Stall gebracht. Alles erledigt.“ Sie sah zu Mila. „Seid ihr eigentlich so richtig verliebt und so?“

Mila errötete. „Mmh. Aber es war so wenig Zeit die letzten Tage. Und dann war ich ja auch noch sauer auf ihn …“

Charly legte den Kopf schief. „Er hat gesagt, ich soll mit den anderen die Schnitzeljagd machen, er würde bei dir bleiben. Willst du das?“

„Klar, geh ruhig“, versuchte Mila, gelassen zu sagen. Dabei klopfte ihr Herz wie verrückt. Doch Charly durchschaute sie.

„Aha. Na, dann geh ich mal ruhig“, neckte sie Mila. „Ich zieh mich um. Wir sehen uns nachher beim Lagerfeuer?“

Mila winkte ihr noch, als schon Tini durch die Tür schlüpfte.

„Überraschung", rief sie fröhlich.

„Hey, Süße, wie schön, dass du kommst", freute sich Mila.

„Ja, aber nicht ich bin die Überraschung", sagte Tini. „Komm, wir gehen raus."

Mila griff nach ihrer Strickjacke. Eigentlich war es warm genug, aber wer wusste schon, was Tini vorhatte. Ihre kleine Cousine stützte sie beim Laufen auf dem Weg nach draußen.

„Tada!", schrie Tini dort begeistert.

Mila riss erstaunt die Augen auf.

Vor der Tür stand Renate – in einem kleinen Ponygeschirr, an dem eine Art Bollerwagen befestigt war, der mit lauter Kissen vollgestopft zu sein schien.

„Was ist das?", fragte Mila lachend.

„Deine Kutsche natürlich", sagte Tini.

Michel, der neben Renate stand, grinste. „Darf ich bitten?" Er half Mila in den Wagen und legte ihren Fuß hoch. „So bequem?"

Mila musste die ganze Zeit grinsen. „Ihr seid wirklich ulkig. Kann Renate das denn? Bin ich nicht zu schwer?"

„Ach was", meinte Tini. „Renate schafft alles."

Mila knuffte sich die Kissen zurecht. „Ich glaube, diese

zwei Kissen und das Einhorn können raus. Das wird sonst zu eng."

Tini griff nach den Kissen, das Einhorn aber stopfte sie auf Milas Schoß. „Das muss … äh … bleiben. Renate hat es gern."

Ah ja. Na, wenn das so war – Mila nahm das Kuscheltier in den Arm.

„Hühott", rief sie lachend, und schon ging es los.

Jan übernahm schließlich die Zügel von Michel, der auf Pferdinand ritt. Die anderen trabten zuerst langsam, aber Renate lief so gemütlich, dass Mila bald allen befahl, die Schnitzeljagd ohne sie durchzuführen.

„Ich will Renate nicht überanstrengen", erklärte sie. Außerdem war es nett, mit Jan und Tini ein bisschen durch die Dünen zu streifen.

Das ließen sich die anderen nicht zweimal sagen und preschten los.

Mila, Jan und Tini zuckelten die Wege entlang und scherzten über Renate als neuen Champion bei Wagenrennen. Sie kürzten den Weg schließlich ab und waren dadurch fast gleichzeitig mit den anderen zurück beim Internat.

Herumalbernd zählten sie die Wäschestücke – es waren alle wieder eingesammelt worden.

„Meine Güte, jetzt haben wir uns aber Futter verdient“, meinte Michel ächzend.

Sie brachten die Pferde in die Ställe, versorgten sie rasch und stürzten danach gemeinsam zum Lagerfeuer. Hier trafen nun alle Klassen des Internats nach ihren einzelnen Unternehmungen wieder zusammen.

Herr Gründgen grillte und Frau Käthe brachte eine Köstlichkeit nach der anderen auf den Büfetttisch. Mila hatte sich in der Zwischenzeit mühsam aus ihrer Kutsche mit all den Kissen hochgerappelt und humpelte nun zu ihnen.

„Wie lecker das wieder aussieht“, schwärmte sie und stibitzte eine kleine Mozzarellakugel. „Kommen Sie gleich auch zu uns ans Feuer?“, fragte sie Herrn Gründgen.

Der schüttelte den Kopf.

„Aber Tini und Tante Caro sind auch da“, versuchte Mila, ihn zu überzeugen. Außerdem würde Michel sich gewiss freuen, wenn sein Vater da wäre.

Herr Gründgen lächelte. An Tini hatte er einen Narren gefressen. Doch dann wurde er ernst. „Ich glaube nicht, dass deine Tante mich dabeihaben möchte.“

Mila zog erstaunt eine Braue in die Höhe. „Und ob sie das will! Ich weiß vor allem, dass sie sich total darüber freut, wie gut Sie sich mit Tini verstehen.“

Herr Gründgen wendete gedankenverloren zwei Bratwürste. „Tut sie das?“

Mila grinste. Konnte es sein, dass Herr Gründgen sich zierte? Bahnte sich da etwa eine Liebesaffäre zwischen Caro und Michels Vater an?

„Auf jeden Fall müssen Sie rüberkommen. Ich sag’s Tini schon mal“, rief Mila im Weggehen. Er würde sicher nicht seine kleine Tini enttäuschen. Nun musste sie nur noch Tante Caro holen.

Doch die war schon da. Sie saß mit Tini auf einer der vielen Bänke, die um das Lagerfeuer herumstanden, und hielt ein Stockbrot über die Flammen.

„Hi, Tante Caro“, ächzte Mila und ließ sich auf die Bank fallen.

„Hey, Süße“, antwortete Caro und nahm sie in den Arm.

„Herr Gründgen kommt auch gleich. Du sollst ihm einen Platz frei halten.“

„Das hat er gesagt?“ Tante Caro drehte sich erstaunt zum Grill um.

„Jawoll." So, das genügte. Mehr konnte Mila nicht tun, den Rest mussten die beiden alleine hinkriegen.

Irgendjemand aus den höheren Klassen hatte eine Gitarre mitgebracht, und so saß Mila bald glücklich am Lagerfeuer, röstete mit Tini ein Stockbrot und lauschte den Klängen von *Streets of London*.

Nach einer Weile kam Herr Gründgen tatsächlich zu ihnen herüber, setzte sich neben Caro und begann eine leise Unterhaltung mit ihr.

Mila futterte Stockbrot. Tini konnte leider nicht mehr probieren – sie war eben mit dem Kopf auf Tante Caros Schoß eingeschlummert.

Michel kam zu Mila und legte ihr die Strickjacke um die Schultern. „Hier, die hast du im Wagen vergessen", sagte er.

Mila blickte auf. „Danke. Und danke noch mal für die Idee mit der Kutsche. Das war echt witzig."

„Die Idee hatte Tini. Ich hab nur die Sachen aus dem alten Schuppen geholt."

Mila warf einen Blick auf die schlafende Tini. Tante Caro hob sie hoch, nickte Mila zu und trug Tini fort. Herr Gründgen folgte ihnen.

Mila schmunzelte und sagte: „Na, dann werde ich mich

morgen bei Tini bedanken – obwohl ich sehr wohl weiß, dass der Hauptteil der Arbeit bei dir lag."

„Jederzeit wieder", meinte Michel. Seine Stimme klang so warm, dass Mila ihn noch einmal ansah – und der tiefe Blick, den Michel ihr jetzt zuwarf, brachte sie völlig durcheinander. Sie bekam eine wohlige Gänsehaut und fühlte, wie ihr Herz schneller schlug. Was war das? Sie lächelte zaghaft zurück – da kam Jan. Mit zwei großen Tellern voller gutem Essen.

„Bis dann", sagte Michel schnell und verschwand.

Mila schüttelte sich, um das merkwürdige Gefühl zu verdrängen, und wandte sich Jan zu.

„Hier, iss, damit du wieder Kraft im Knöchel kriegst", sagte er.

Mila nahm einen Teller. „Ah, und was soll ich essen, damit die Kraft genau in den Knöchel wandert?"

Jan pikte sie mit dem Gabelgriff in die Hand. „Wenn du nicht nett bist, nehme ich dir den Teller gleich wieder weg. Verfolgen kannst du mich ja nicht."

Sie hatten eine Menge Spaß und bald sangen Mila und Jan lauthals mit. Irgendwann legte Jan ihr den Arm um die Schultern. In Mila stiegen tausend kitzelnde Luftbläschen empor. Sie war so glücklich!

Als es dunkel wurde, gingen die ersten Schüler ins Haus.

Auch Mila wurde bald müde – ihr Knöchel schmerzte inzwischen doch wieder ein bisschen.

Jan half ihr, zu ihrem Zimmer zu humpeln. Als Mila die Tür öffnen wollte, hielt er sie zurück. Er drehte sie zu sich. Und obwohl es im Flur stockdunkel war, spürte Mila, dass sich sein Gesicht näherte. Sie hielt ganz still, als ihre Lippen sich berührten.

Ihr erster Kuss.

Wie das kribbelte!

Ein hartes Abschlusstraining

Am nächsten Morgen waren die Schmerzen im Knöchel weg.

Vorsichtig trat Mila mit dem Fuß auf – nichts.

„Es tut gar nicht mehr weh", jubelte sie erleichtert.

Nele grinste. „Eine spontane Wunderheilung? Das lag dann wohl an dem Geknutsche gestern Abend."

Mila warf ihr ein Kissen an den Kopf. „Das war kein Geknutsche. Nur ein … kleiner Gutenachtkuss. Du bist halt mitten reingeplatzt."

Nele kicherte. „Ja, das tut mir auch echt leid!" Sie betrachtete Milas Knöchel. „Und du kannst wirklich wieder so richtig laufen?"

Mila nickte. „Ich werde noch vorsichtig sein, aber es scheint alles in Ordnung zu sein. Heute steht ja auch kein Reiten mehr auf dem Plan. Gehen wir frühstücken?"

Als Mila und Nele in den Speisesaal kamen, wurde an ihrem Tisch schon eifrig diskutiert. Offenbar hatte Tamara noch ein Training für den letzten Tag angesetzt.

„Ein Abschlusstraining?", fragte Mila beim Frühstück erstaunt. Sie gähnte herzhaft. „Wozu denn das noch?"

Die anderen sahen auch nicht fitter aus. Vermutlich waren alle schon in den Ferien-Ausschlaf-Modus gefallen.

„Keine Ahnung", brummte Charly. „Vielleicht hat Tamara die Hoffnung, uns noch ein paar Dinge einbläuen zu können, damit wir über die Ferien nicht alles vergessen."

Mila sah, wie Charly Yasmin beobachtete. Sie kannte sie ja bisher nur wenig.

„Mit Yasmin hast du also viel Zeit verbracht?", flüsterte sie Mila nun zu. „Ist sie nicht ein bisschen oberflächlich?"

Mila musste lachen. „Ach, weißt du, mal so, mal so. Man hat auf jeden Fall eine Menge Spaß mit ihr."

„Mit mir wohl nicht?", fragte Charly pikiert.

„Doch", widersprach Mila sofort. „Aber anders. Sicherer." Charly sah sie fragend an, aber Mila wollte nicht mehr erklären. Sie war froh, dass Yasmin sie in der schweren Zeit abgelenkt hatte. Gleichzeitig war sie froh, dass sie inzwischen gemerkt hatte, wie unterschiedlich sie waren. So wie Yasmin wollte Mila jedenfalls nicht mehr werden. Sie wollte sich auf ihre Freunde verlassen können – und natürlich ebenso zuverlässig für sie da sein.

„Übrigens musst du nachher mitkommen zur Pressekonferenz“, sagte Charly jetzt.

„Was?“, fragte Mila. „Ich? Warum denn?“

„Weil ich nicht gerne alleine vor der Meute sitze. Du musst mein königliches Händchen halten.“

Mila zog die Nase kraus. „Das finde ich keine gute Idee. Ich gehöre da gar nicht hin.“

„Doch, du gehörst zu mir. Basta.“

Mila schwieg. Bis zur Pressekonferenz war noch Zeit. Ihr würde schon noch eine passende Ausrede einfallen.

Zunächst mussten sie aber erst einmal die Pferde fürs Training holen. Tamara hatte verkündet, alle vorm Stall sehen zu wollen. Wie die Zinnsoldaten standen sie schließlich auf dem Kopfsteinpflaster, immer ein Reiter und ein Pferd.

„Schön, dass alle da sind“, rief Tamara. „Also, in den letzten Wochen haben wir euch immer wieder stark gefordert. Ihr habt euch angestrengt und verbessert, dafür bekommt ihr die Auszeichnungen im Zeugnis. Luke und ich möchten euch jedoch auch persönlich loben und uns bei euch bedanken."

Luke kam von der Koppel herüber. „Ja, wir finden, ihr habt eure Sache sehr gut gemacht. Die einen oder anderen Schwächen werden wir euch heute noch austreiben. Es wird ein hartes Training. Deshalb gebt euch Mühe – zum letzten Mal in diesem Schuljahr. Ab auf die Koppel!"

Mila stöhnte. Auch die anderen ächzten und meckerten leise. Sie führten ihre Pferde hinter Luke und Tamara her – aber … was war das?

Auf der Reitkoppel standen viele unterschiedliche Dinge – allerdings waren das keine normalen Hindernisse!

Luke und Tamara grinsten. Und nun begriff auch Mila: Das waren Reiterspiele! Die beiden hatten ihre Schüler reingelegt! Wie süß!

„Ich erkläre euch, was ihr tun müsst", rief Luke. Er begann, die einzelnen Stationen zu erläutern. Dann drückte er jedem ein Stück Tonkarton am Band in die Hand. „Das ist wie früher in euren Heimatreitställen. An jeder Station liegt ein Stempel, damit müsst ihr die Karten abstempeln. Mit der Stoppuhr messt ihr die Zeit. Ich verlass mich drauf, dass ihr nicht mogelt. Wer alles erledigt hat, bekommt eine Überraschung. Und natürlich werden die Sieger auch geehrt."

Tamara kam auf Mila zu. „Mila, bist du sicher, dass du schon wieder reiten kannst?"

Mila nickte. „Ich habe keine Schmerzen mehr. Und wenn doch, höre ich sofort auf, versprochen."

Tamara nickte. „Es wäre ja schade um deine Ferien", sagte sie dann lächelnd.

Mila und Charly saßen auf und ritten rasch zur ersten Station. Mila sah, dass Yasmin sich mit Nele zusammentat. Prima, dann waren die beiden ja nicht allein.

„Na, dann los, Prinzesschen", witzelte Mila.

Sie mussten einen Pappbecher mit Wasser aus einem Eimer füllen, der auf einem hohen Hocker stand. Dann sollten sie den Becher mit den Zähnen festhalten, zum nächsten Hocker reiten, auf dem ein Messbecher stand, das Wasser darin auskippen, ohne die Hände zu benutzen, und zurückreiten.

Mila machte den Anfang. Adesso schnupperte interessiert am Eimer und wollte gleich daraus trinken.

„Nein, Süßer, später. Und nun wackel nicht so, wenn wir reiten!"

Charly drückte die Stoppuhr. „Los", schrie sie.

Mila füllte den Becher bis zum Rand – was keine gute Idee war. Adesso trabte viel zu schnell los und die Hälfte des Wassers schwappte auf Milas Hemd.

„Memmo", schimpfte sie. „Vorschischtisch, Adescho!"

Charly kringelte sich vor Lachen. Während Mila versuchte, den Rest Wasser in den Messbecher zu kippen, wurde Adesso ungeduldig. Er schien sich zu fragen, was zum Kuckuck seine Reiterin da so herumzappelte, und beschloss dann schließlich, zum Ausgangspunkt zurückzulaufen – weshalb das meiste Wasser danebenfloss.

„Du hast noch eine Minute", rief Charly. „Los, los, los!"

Mila füllte dieses Mal weniger Wasser in den Becher, aber leider musste sie so lachen, dass ihr der Becher nach wenigen Metern aus dem Mund fiel. Bis sie den Becher aufgehoben hatte und wieder beim Eimer ankam, war die Zeit um.

„Stopp", kicherte Charly. „Jetzt ich." Sie drückte Mila die Stoppuhr in die Hand.

Natürlich machte sich Charlys königliche Haltung hierbei nun bezahlt. Sie saß kerzengerade auf ihrem Pferd, und auch Vanilla spürte offenbar, wann es ernst wurde. Nachdem Charly drei Runden geritten war, prangte nicht ein einziger Wassertropfen auf ihrem Shirt – dafür hatte sie einen halben Liter Wasser in ihrem Messbecher gesammelt!

„Krass“, staunte Mila. „Du bist genial, Charly!“

Es machte viel Spaß. Bei manchen Spielen schnitt Charly besser ab, doch die Hufeisen mit einem Stock zu balancieren, fiel Mila leichter. Charly wiederum gelangen vier Treffer beim Pfeil-und-Bogen-Schießen in eine Holzwanne.

Auch die anderen hatten Spaß und lachten und johlten die ganze Stunde. Ab und zu beobachtete Mila Nele und Yasmin. Sie bemerkte zufrieden, dass die beiden anscheinend gut miteinander klarkamen. Das beruhigte sie, denn immerhin hatte sie vor Kurzem noch sehr viel mit Yasmin unternommen und wollte nicht, dass diese plötzlich einsam dastand. Auch Nele war viel zu oft allein. Natürlich war Mila immer für sie da, aber eine Freundin, mit der sie vieles unternehmen konnte, würde ihr guttun. Vor allem, wenn es so eine lustige war wie Yasmin.

Am Ende der Reiterspiele werteten Tamara und Luke die Karten aus.

„Zuerst bekommt jeder von euch ein Schokoladenhufeisen als Belohnung", rief Tamara und verteilte die goldenen Süßigkeiten. Anschließend hielt Luke die Karten in die Höhe.

„Der erste Platz geht an Nele!", verkündete er.

Das gönnte ihr jeder. Nicht nur, weil sie seit zwei Tagen wirklich erstaunlich nett war, sondern auch, weil sie beim letzten Rennen so schlecht abgeschnitten hatte. Tamara überreichte ihr eine Rosette in Rosa.

Nele schmunzelte. „Genau meine Farbe", sagte sie dann und heftete die Rosette an Fairys Trense.

„Zweiter ist ... Charly!" Auch Charly bekam viel Applaus und bedankte sich mit einer kurzen Verbeugung.

„Und Dritter ist Michel."

Michel strahlte. Mila freute sich mit ihm. Sie klatschte kräftig und sah sich dann um. Wo war eigentlich Jakob? Der belegte doch sonst auch immer die ersten Plätze. War er überhaupt dabei gewesen?

Doch sie hatte nicht viel Zeit zum Überlegen, denn Charly mahnte zum Aufbruch. „Mach Adesso fertig, und zieh dir was Trockenes an!“, raunte sie Mila zu – und ritt davon.

Mila biss sich auf die Lippen. Ach herrje, nun hatte sie sich gar keine Ausrede mehr überlegt … Na, dann würde sie eben hinter Charly stehen, sie musste ja nichts sagen.

Sie beeilte sich und duschte sogar noch kurz. Dann zog sie sich ein blaues Shirt mit Wasserfallkragen über und lief zu Charlys Zimmer.

„Hui“, staunte sie.

Charly hatte ein kurzes hellblaues Kleid an, in dem sie umwerfend aussah. Dazu trug sie ein Band in den kurzen Haaren und feine Ketten an Hals und Handgelenk.

„Du siehst hinreißend aus“, staunte Mila.

„Danke, du auch“, gab Charly zurück. „Wir passen zusammen!“

Tatsächlich, Blau in Blau.

„Zwei verwandte Seelen“, wisperte Mila lächelnd.

Die Pressekonferenz

Obwohl Mila sich entschlossen hatte, Charly bestmöglich zu unterstützen, sackte ihr das Herz in die Knie, als sie durch die Glasfront des Zwischenbaus den Aufmarsch der Presse beobachtete.

Bereits auf dem Hof standen jede Menge schwarze Wagen und Vans herum – dazwischen wuselten vereinzelt ein paar hektische Menschen mit Kabeln und Mikrofonen umher.

„Die Nachzügler“, flüsterte Charly Mila zu und zog sie rasch weiter durch den Flur. „Die haben Pech, die besten Plätze sind sicher schon längst vergeben.“

Mila starrte sie einen Augenblick lang irritiert an. Sicher, ihre Freundin hatte vor der Zeit im Internat ein anderes Leben geführt – aber wie anders, das hatte Mila bisher gar nicht so genau durchdacht.

„Du hast so etwas schon sehr oft gemacht, oder?“, fragte sie zögernd.

Charly schmunzelte. „Klar. Seit ich ein Baby bin. Zum Glück haben meine Eltern mir zugestanden, mich zurückzuziehen, als ich älter wurde. Aber solche Konferenzen kenne ich wirklich gut. Du brauchst keine Angst haben, alles halb so wild.“

Aber Mila hatte Angst. Sie tapste hinter Charly durch die Seitentür, die hinter die Bühne führte. Dort erwartete sie Frau Steinbach mit ernstem Gesicht.

„Meine Güte, so einen Rummel hatten wir schon lange nicht mehr“, sagte sie. „Hallo, ihr beiden. Also, wir haben auf der Bühne einen langen Tisch mit Stühlen und Mikrofonen aufgebaut …“

„Mikrofone?“, wiederholte Mila. Das war ja wie bei der Fußball-WM!

Charly grinste breit und drückte aufmunternd Milas Hand.

„Dann hört man euch besser“, erklärte Frau Steinbach.

„Uns?“ Mila wurde bleich.

Frau Steinbach sah ihr nun direkt ins Gesicht und bemerkte offenbar erst jetzt, wie nervös Mila war. „Ach je, ich habe ganz vergessen, dass du vor Prüfungssituationen an Nervosität leidest." Sie strich Mila beruhigend über den Arm.

Leiden trifft es auf den Punkt, dachte Mila. Ihr Puls raste.

„Ich muss doch nichts sagen, oder?", fragte sie tonlos.

„Nein, musst du nicht", versicherte Charly. „Ich würde dich aber gern als meine beste Freundin vorstellen, darf ich das?"

Mila nickte. „Aber du kannst es auch gern lassen. Ich muss nicht in die Zeitung. Berühmt sein ist nicht so mein Ding."

Charly kicherte. „Du bist witzig, Mila."

War sie das?

Charly ging vor und Mila stolperte ihr hinterher. Auf der Bühne wurden sie nicht nur von Scheinwerfern geblendet, sondern auch vom Blitzlicht der Kameras. Mila wollte schon ihren Arm schützend vors Gesicht heben, aber dann fiel ihr ein, dass das vermutlich ziemlich dämlich aussehen würde, und sie ließ es. Stattdessen zog sie die Mundwinkel zu einem Lächeln hoch – sie hoffte jedenfalls, dass es wie ein Lächeln aussah. Mechanisch setzte sie sich neben Charly und wartete.

Frau Steinbach begrüßte die zahlreichen Pressevertreter, die entweder auf Stühlen vor der Bühne saßen oder dahinter standen und den großen Speisesaal füllten.

„Ich danke Ihnen, dass Sie so zahlreich erschienen sind“, begann Frau Steinbach. „Charlotte Arlene, Prinzessin von Löwenstein-Gabelsberg, hat mich gebeten, Sie einzuladen …“

Mila hatte Schwierigkeiten, der Direktorin zu folgen. Charlotte Arlene, Prinzessin von … wie war das? Liebes bisschen, wie froh war sie über ihren normalen Namen!

Dann ging es auch schon los.

Die Reporter erfragten alles über den Alltag im Internat. Wie Charly damit zurechtkomme, wie es ihr schulisch gehe, ob sie ihre Eltern sehe, ob ihr das Zuhause fehle. Das Übliche, was man so fragt, vermutete Mila. Charly antwortete sehr charmant, höflich und fröhlich. Schließlich zeigte sie auf Mila. „Und das hier ist meine beste Freundin Mila. Sie ist in schwierigen Zeiten immer für mich da, außerdem haben wir sehr viel Spaß miteinander.“

Oje, nun blickten die Leute sie neugierig an.

„Mila, darf ich dich duzen?“, fragte ein Herr mit Brille.

Mila nickte.

„Bist du schon lange in diesem Internat?“

„Nein, ich lebe seit wenigen Monaten hier, weil meine Eltern ein Jahr in Kenia als Ärzte tätig sind."

Das war offenbar eine gute Antwort, denn Charly nickte ihr bestätigend zu, und die Pressemenschen kritzelten eifrig auf ihre Blöcke.

Eine Frau im hellgrauen Kostüm ergriff das Wort. „Würdest du sagen, dass eine gute Stimmung unter den Schülern herrscht?"

Mila nickte heftig. „Ja, wir haben einen tollen Zusammenhalt. Jeder hat seinen eigenen Charakter, aber es ist eine super Gemeinschaft hier." Sie winkte kurz zur Seite, wo sich ihre Mitschüler versammelt hatten und zusahen.

Die Frau kniff die Augen leicht zusammen. „Ich hörte aber, dass vor Kurzem einer eurer Mitschüler ein Pferd mit hautreizenden Mitteln gequält hat. Und zwar, um jemand anderen zu schädigen. Das scheint mir eher kriminell zu sein als gemeinschaftlich. Was kannst du uns darüber erzählen?"

Mila erschrak. Hilflos blickte sie zu Charly, die blass geworden war. Ihr Blick war so verletzt, dass in Mila Zorn aufflammte. Was erlaubte sich diese Frau? Diese blöde Frage hatte nichts mit Charly zu tun und ließ sie dennoch in schlechtem Licht dastehen.

„Sie wissen doch gar nicht, was Sie da reden", rief plötzlich eine Jungenstimme. Jakob schob sich nach vorn. Er hatte die Fäuste geballt und blickte die Frau wütend an. Sofort klickten die Fotoapparate. „Sie sprechen von meinem Bruder. Er hat aus Verzweiflung etwas getan, das ihm inzwischen sehr leidtut."

Die Frau wandte sich ihm zu.

„Da bin ich sicher", sagte sie scheinbar freundlich. Doch dann fragte sie weiter: „Entsteht eine solche jugendliche Verzweiflung nicht durch den immensen Druck, der an Eliteschulen wie dieser hier aufgebaut wird? Ist es richtig, Kinder so zu schikanieren? Und sollte eine Prinzessin wie Charlotte auf so einer Schule bleiben?"

Mila stand auf. Die Zornesflammen, die in ihr hochkochten, gaben ihr Mut und eine feste Stimme, als sie sagte: „Niemand wird hier schikaniert. Diese Pressekonferenz wurde einberufen, weil einige Vertreter Ihres Berufes meine Freundin nicht in Ruhe gelassen haben. Sie möchte hier an der Schule ohne ständige Beobachtung leben. Der einzige Stress, den Charly hat, entsteht durch die Presse. Weder im Internat noch im Schulunterricht oder bei den Reitstunden werden wir Schüler unter Druck gesetzt. Wir halten zusammen und stützen uns ge-

genseitig. Die Gründe für die Geschichte, die Sie angesprochen haben, liegen bei dem Schüler selbst und stehen hier gar nicht zur Diskussion."

Applaus brandete auf. Erst von Milas Mitschülern, dann von Frau Steinbach und den Internatsangestellten und schließlich sogar von den Reportern. Allein die Frau im Kostüm stand peinlich berührt zwischen ihren Kollegen. Sie räusperte sich. „Entschuldigung, da bin ich wohl übers Ziel hinausgeschossen. Es tut mir leid, darüber werde ich nicht berichten."

Mila nickte zufrieden und setzte sich. Sie warf einen Blick zur Seite, um Jakob aufmunternd zuzunicken, aber er stand nicht mehr an derselben Stelle wie vorhin. Sie musste nachher unbedingt mit ihm sprechen.

Jakobs Entschluss

„Jakob ist weg!“

Franzi empfing Mila und Charly nach der Konferenz aufgeregt hinter dem Bühnenvorhang.

„Was?“, riefen beide gleichzeitig.

„Er ist aus dem Speisesaal gelaufen und geradewegs zum Stall marschiert“, erzählte Isa. „Wir wollten ihm Zeit geben und ihn in Ruhe lassen, aber als wir jetzt nach ihm sehen wollten, war er verschwunden.“

Frau Steinbach stöhnte. „Also, das mit dem Weglaufen scheint sich neuerdings hier einzuschleifen. Eine sehr schlechte Angewohnheit. Wieso kommt keiner erst einmal zu mir?“ Sie verließ die Kammer mit entschlossenen Schritten.

„Ach, er reitet sicher einfach nur aus“, meinte Mila. „Jakob ist nicht der Typ für Kurzschlusshandlungen.“

„Bin ich auch nicht", murmelte Charly kleinlaut.

Mila drehte nachdenklich eine Haarsträhne um ihren Finger. Das stimmte. Und hatte Jakob ihr nicht neulich erzählt, dass er aufhören wollte? Was, wenn er doch weggelaufen war?

„Aber wohin?", fragte sie laut.

„Die Fähre legt in einer Stunde ab", gab Isa zu bedenken.

„Ach Mensch, da sind doch dann alle Pressefritzen mit drauf", stöhnte Franzi.

Auf einmal stand Michel neben Mila. „Jakob ist sicher nicht weggelaufen. Das passt nicht zu ihm."

Eigentlich gab Mila ihm recht.

„Ich fahr trotzdem mit dem Rad zur Fähre", verkündete Franzi. Isa und Charly schlossen sich ihr an. „Vielleicht kann ich im Notfall bei der Presse etwas lenken", sagte Charly.

Yasmin und Nele beschlossen, das Gelände abzusuchen, und liefen ebenfalls los.

Mila und Michel blieben zurück.

„Wo suchen wir?", fragte Mila.

Michel schob sie zur Tür. „Komm mit."

Michel führte sie in den Stall und sie sattelten Adesso und Pferdinand.

„Ich habe da so eine Idee", meinte Michel.

Er ritt voran – seitlich den Weg am Internat vorbei, durch das kleine Wäldchen. Von dort aus gab es nur einen schmalen Reit- und Wanderweg, der zum Strand führte. Anschließend ritten sie ostwärts am Meer entlang. Mila ahnte, wohin Michel wollte.

„Ich hab ihm neulich den Stillen Felsen gezeigt", rief Michel ihr durch den Wind zu.

Mila nickte. Der Stille Felsen war ein riesiger Felsbrocken, der halb ins Wasser ragte und der viele Künstler zu Bildern und Gedichten veranlasst hatte. Er lag so weit östlich, dass der Weg dorthin lang und auch anstrengend war. Hierher verirrte sich kaum jemand und man konnte gut allein sein und nachdenken.

Und wirklich – als sie sich näherten, erblickten sie jemanden, der auf dem Felsen saß und aufs Meer hinaussah.

Es war Jakob.

Mila und Michel ritten näher und stiegen ab. Michel nahm Adessos Zügel. „Geh du zu ihm", sagte er. „Du kannst gut mit Menschen reden."

Mila sah ihn erstaunt an. Fand er das wirklich? Sie kletterte zu Jakob auf den Felsen.

„Hallo", sagte er, ohne den Kopf zu drehen. Er lächelte. „Ich dachte mir schon, dass du oder Michel mich hier finden."

„Warum wir?", wollte Mila wissen.

„Ihr seid die Kümmerer. Und ihr könnt euch gut in Menschen einfühlen. Also habt ihr geahnt, wo ich bin."

Mila staunte. Lauter Komplimente heute. Doch was war jetzt mit Jakob?

„Danke für deine tolle Rede", sagte er leise. „Das war wie eine Verteidigung für Mark. Ich weiß, ihr habt ihn alle dafür gehasst, was er Michel und Pferdinand angetan hat. Aber weißt du … er ist nicht so. Mark ist ein toller Bruder. Früher war er fröhlich und …" Er verstummte.

„Wann früher?", fragte Mila leise.

Jakob seufzte. „Früher, bevor das mit dem Reiten mehr wurde. Bevor unser Vater unser Talent entdeckt hat. Bevor er beschlossen hatte, dass wir den Weg zu Ende gehen sollen, den *er* nicht gegangen ist."

Mila überlegte, ob sie noch weiter nachhaken sollte, aber da fing Jakob von selbst an zu erzählen.

„Mein Vater hatte eine vielversprechende Karriere als Dressurreiter vor sich. Er gewann ein Turnier nach dem anderen. Doch dann wurde er krank und musste zwei lange Jahre aussetzen. Danach waren er und sein Pferd einfach raus. Und ihm fehlte der Mut, noch einmal ganz von vorn anzufangen. Als er vor ein paar Jahren bemerkte, dass Mark und ich Talent fürs Springen haben, da hat es ihn gepackt. Wir wurden gefördert und alles. Nicht, dass es keinen Spaß gemacht hätte …“ Jakob kratzte mit einem Ast auf dem Felsen herum. „Es wurde nur zu viel. Ich bin stärker, ich habe es immer mehr als Spaß empfunden. Aber Mark ist eher in sich gekehrt. Ihn hat alles überfordert. Vor einem halben Jahr hat mein Vater dann gedroht, dass er das Internat verlassen muss, wenn er nicht länger gemeinsam mit mir zu den Besten gehört.“

„Und dann kam Michel. Und er war so gut“, erinnerte Mila sich.

Jakob drehte ihr den Kopf zu. „Es ging nicht gegen Michel, verstehst du? Mark tut es schrecklich leid. Wir telefonieren viel. Er möchte nicht zurückkommen. Wie sollte er auch allen wieder unter die Augen treten können? Er ist jetzt bei einem Psychologen, der hilft ihm. Er wird mit dem professionellen Reiten aufhören. Er hat jetzt mit Stricken angefangen." Jakob lachte. „Obwohl ich glaube, dass er damit ein bestimmtes Mädchen beeindrucken will."

Mila lächelte. Sie hätte Mark gern einmal unbeschwert und mit guter Laune erlebt.

Jakob streckte seinen Rücken durch. „Ich höre auf, Mila."

Mila erschrak. „Aber du bist gut, Jakob, ich meine …" Sie hielt inne. „Du läufst also auch weg?"

„Nein." Jakob sah ihr in die Augen. Sein Gesicht wirkte entschlossen und nicht die Spur zornig oder enttäuscht. „Ich laufe nicht weg. Ich gehe. Dieses Kapitel ist zu Ende. Es war nicht unser Weg. Weder Marks noch meiner. Es ist okay, glaub mir. Ich habe schon lange darüber nachgedacht."

Das glaubte Mila ihm. „Gut. Komm, dann sagen wir es Frau Steinbach und den anderen. Die sorgen sich nämlich schon."

„Dachten die auch, ich wäre weggelaufen?"

Mila grinste. „Ich glaube, Frau Steinbach baut in Gedanken schon einen Zaun um das Internat, damit ihr die Schäfchen nicht mehr dauernd entwischen …"

Lachend standen sie auf. Als sie den Felsen hinabkletterten, sahen sie Michels erleichtertes Gesicht.

„Alles okay?“, fragte er.

Jakob drückte ihn kurz. „Danke, Kumpel“, sagte er.

Dann ritten sie zurück.

Frau Steinbachs Erleichterung war ihr deutlich anzusehen.

„Wir haben ihn“, meinte Mila strahlend. „Aber er war auch gar nicht weggelaufen, er wollte nur nachdenken.“

Die Direktorin lächelte Mila an. „Danke. Nun lass mich doch einen Moment mit Jakob allein, bitte.“

Mila schloss die Bürotür von außen und wanderte langsam wieder zum Stall zurück, wo Michel sich um die drei Pferde kümmerte. Sie fand ihn in der Box von Jakobs Pferd Windfuchs.

„Verabschiedest du dich schon?“, fragte sie leise. Sie wusste, dass Michel an jedem einzelnen der Pferde hing – oft mehr als an dessen Besitzern.

Michel strich Windfuchs über das rötliche Fell. „Ich mag seine vorwärtsdrängende Haltung. Er sieht immer aus, als würde er gleich losgaloppieren.“ Er klopfte ihm zart an den Hals. „Du wirst mir fehlen, Füchschen.“

Auch Mila streichelte dem Pferd die Nase. „Schade“, meinte sie. „Ich hatte Jakobs fröhliche Art gern. Also die, bevor die Sache mit Mark losging.“ Dann erzählte sie Michel, was Jakob ihr auf dem Felsen gesagt hatte. Dass es Mark so leidtat und dass es nie wirklich um Michel ging.

„Ja, das war mir immer klar“, erklärte Michel. „Weißt du noch, dass Mark immer Extraportionen von Frau Käthe bekommen hat?“ Er grinste.

„Ja, er war ihr absoluter Liebling!“, stimmte Mila zu.

„Wer ist wessen Liebling?“, wollte Jakob wissen, der nun auf sie zukam. Er sah ganz anders aus als die letzten Tage: aufgeräumt und zufrieden.

„Mark war der Augapfel von Frau Käthe“, sagte Mila.

Jakob lachte. Es war ein glückliches, unbeschwertes Lachen. Mila konnte nicht anders, sie musste ihm um den Hals fallen.

„Nanu?“, fragte Jakob, als sie ihn wieder losließ.

„Ach, es ist so schön, dass es dir besser geht“, sagte sie.

Jakob kratzte sich am Kopf. „Ich glaube, wir haben die Steinbach mit unseren Geschichten in den letzten Wochen ganz verrückt gemacht“, meinte er. „Erst Mark, dann Charly, dann ich …“ Er stupste Mila an. „Und du auch.“

Mila hüstelte verlegen. „Ja, äh … dafür hab ich heute vor den Presseklaffern das Internat verteidigt."

„Oh ja", sagte Jakob. „Dafür ist sie dir echt dankbar. Und ich weiß noch was …" Er grinste breit. „Aber das verrate ich dir nicht. Du wirst es ja bald selbst erfahren."

Sosehr Mila ihn auch löcherte, Jakob verriet nichts. Ob Mila eine Belohnung bekam? Eine Urkunde? Oder ein schickes Turnier-Jäckchen? Na, wohl eher nicht. Vielleicht … Milas Überlegungen wurden unterbrochen, als Charly, Franzi und Isa in den Stall polterten.

„Du bist zurück!", keuchte Franzi.

„Klar", sagte Jakob. „Ich bin ja auch nicht weggelaufen."

Charly wurde rot. „Oh Mann, das ist echt ein komischer Tag."

Jakob räusperte sich. „Leute, ich wollte noch mal sagen – ich rede viel mit Mark … es tut ihm echt leid. Er möchte sich bei Michel entschuldigen und auch bei euch …"

„Hat er schon", bestätigte Michel. „Er hat mir – ganz altmodisch – einen Brief geschrieben. Ist alles wieder gut."

Jakob lächelte erfreut. Auch die anderen drängten ihn, Mark viele Grüße auszurichten.

„Also, ich finde, das schreit geradezu nach einer kleinen Party“, fand Mila. „Wir haben noch einen gemeinsamen Abend, und den sollten wir nun wirklich nicht im stillen Kämmerlein verbringen, wenn es Jakobs letzter ist. Was haltet ihr davon?“

„Auf jeden Fall!“

„Jeder kramt seine Futterreste unterm Bett hervor!“

„Ich bettle bei Frau Käthe“, versprach Mila. „Also dann – erst packen und alles fertig machen, dann Abendessen und um acht im Gemeinschaftsraum!“

Frau Käthe stand in der Küche über ein Kochbuch gebeugt. Mila kam näher – das war ja überhaupt kein Buch – sondern ein Tablet-PC!

„Frau Käthe, wagen Sie sich tatsächlich noch einmal an Internet-Rezepte?“, staunte Mila.

Frau Käthe drehte sich überrascht zu ihr um. „Aber klar! Dachtest du, ich sei so verkalkt, dass ich zwischen den positiven Seiten des Internets und einem schlechten Rezept nicht unterscheiden kann?“

Mila zog die Augenbrauen hoch. „Sie erstaunen mich, Frau Käthe!“

Die Köchin runzelte die Stirn. „Du erstaunst mich

auch, Mila. Hattest du nicht einen verstauchten Knöchel? Hüpfst hier rum wie ein junges Huhn …"

Mila sah auf ihren Fuß. „Alles wieder okay", sagte sie. „Das Huhn kann loshüpfen."

„Na, du bist mir drollig", schmunzelte Frau Käthe.

Dann weihte sie Mila in ihren Plan ein. Sie wollte für alle Schüler und Schülerinnen etwas für den Knabberabend zubereiten. „Ich weiß doch, dass ihr am letzten Abend vor den Ferien alle in den Gemeinschaftsräumen feiert. Da dachte ich, ihr könntet etwas Leckeres gebrauchen – nicht immer nur langweilige Chips."

Mila war sofort Feuer und Flamme. Und da sie in den Ferien hierbleiben würde und deshalb nicht packen musste, stand sie nun in der Küche und werkelte und kochte mit Frau Käthe. Sie stanzten Herzchen aus Melonenscheiben aus und spießten sie mit Heidelbeeren auf Holzspieße. Sie backten Mini-Schinkenschneckchen und Mini-Pfannkuchen. Die Pfannkuchen stapelten sie abwechselnd mit Erdbeerscheiben und obendrauf kam ein Sahnetupfer. Es machte einen Heidenspaß. Kurz vor dem Abendessen waren sie fertig.

„Nun hilf mir aber rasch mit dem Abendbrot", bat Frau Käthe. „Wo sind eigentlich meine Küchenhelfer?"

Die beiden fleißigen Angestellten trafen soeben in der Küche ein. Mila musste sich also nur darum kümmern, die kleinen Leckereien auf mehrere Tabletts zu verteilen – für jeden Jahrgang eines. Dann konnte sie in den Speisesaal zu den anderen gehen.

Beim Abendessen kam Tini zu ihnen.

„Darf ich heute mit euch essen?", fragte sie schüchtern.

„Aber klar", versicherte Mila und rückte rasch einen Stuhl neben sich.

Einen Teller und Besteck hatte Tini schon in der Hand.

„Was ist eigentlich mit Renates Liebe zum Einhorn?", wollte Mila wissen.

„Ja, die ist noch da", sagte Tini. Und dann erzählte sie lustige Geschichten, in denen Renate das Einhorn herumschleppte, darauf kaute oder schlief.

„Werden wir eigentlich das Theaterstück zu sehen bekommen, in dem Renate Nemo sucht?"

Tini schüttelte bedauernd den Kopf. „Leider nein. Renate will nicht. Vor allem will sie das blöde Einhorn nicht abgeben und dann können wir es ja wohl kaum suchen."

Jakob rief: „Kaum zu glauben, dass ein so kleines Pony eine so große Diva sein kann!"

Tini sah ihn misstrauisch an. „Was ist eine Diva?“

„Eine eingebildete, aber sehr berühmte Schauspielerin oder Sängerin“, erklärte Mila.

Tini überlegte kurz. „Mmh, ja, das kommt hin. Berühmt wird sie sicher eines Tages.“

Alle alberten miteinander herum und Mila betrachtete die große Runde. Sie erinnerte sich daran, wie allein und einsam sie sich zu Beginn im Internat gefühlt hatte. Nun hatte sie so viele Freunde gewonnen – und Tini war ja auch noch da! Mila gab ihr einen Kuss auf die Wange.

„Hör mir auf“, stöhnte Tini. „Renate schlabbert mich auch immer ab. Ich bin halt genau auf ihrer Maulhöhe!“

Genauso lustig wie beim Abendessen ging es im Gemeinschaftsraum später weiter. Tini musste bald ins Bett, aber alle anderen waren bereits versammelt, als Mila mit dem Tablett voller Spieße und Schneckchen hereinkam. Es gab ein großes „Ah!“ und „Oh!“.

„Die Köchin präsentiert …“, rief Yasmin.

„Sind das wieder Fenchelpommes?“, neckte Franzi Mila.

Doch dann langten alle zu und bald waren die bunten Spießchen aufgefuttert. Der Abend wurde sehr spaßig und Mila fühlte sich endlich einmal wieder unbeschwert und glücklich.

Sie skypte noch kurz mit ihren Eltern und zeigte ihnen voller Stolz ihr Zeugnis. Diese lobten Mila ausführlich. Auch die Geschichten von den spektakulären Stunden mit Charly, dem verstauchten Knöchel, Jan und Jakob und nicht zuletzt der Pressekonferenz hörten sie sich gespannt an.

„Unglaublich, was bei euch alles passiert“, meinte ihre Mutter etwas besorgt.

„Ach, alles gut, Mama“, beruhigte Mila sie. „Wir helfen uns doch untereinander prima.“

Kurz danach beendete Mila das Gespräch und löschte das Licht. Glücklich dachte sie in Ruhe noch einmal über alle Erlebnisse nach. Zum Schluss blieb sie bei Jan hängen und schickte ihm ein paar liebe Gedanken. Dann schloss sie die Augen und hoffte, von ihm zu träumen …

Abschied und Vorfreude

Was für ein Lärm, dachte Mila.

Der Abreisetag startete mit einem Frühstück, das wie die Fütterung schnatternder, aufgeregt herumlaufender Gänse anmutete. Alle Schüler liefen durcheinander, lachten, schrien und jubelten. Auch an Milas Tisch ging es hoch her. Charly kam als Letzte hinzu und schwenkte drei Zeitungen.

„Holla, schaut mal, was ich hier habe!"

Sie ließ den Papierhaufen auf die Tischplatte knallen.

„Steht da schon was drin?", erkundigte sich Mila aufgeregt. Sie griff nach der Zeitschrift mit den bunten Bildern. Tatsächlich, auf dem Cover prangte Charlys Gesicht!

„Glück gehabt", grinste Charly. „Manchmal drucken sie auch unvorteilhafte Fotos ab."

Mila blätterte vor. Schon nach wenigen Seiten entdeckte sie den Artikel über Charly.

Die verlorene Prinzessin kehrt zurück stand in großen Buchstaben darüber.

„Verloren?“, meckerte Franzi. „So ein Quatsch. Und zurückkehren passt auch nicht.“

Aber Charly freute sich. „Sie haben nur nette Sachen gedruckt. Keine Andeutungen oder fiese kleine Bemerkungen. Das ist nicht immer so!“

Unter der Überschrift lächelte Charly dem Leser von einem großen Porträtfoto glücklich entgegen. Auf den anderen beiden Fotos waren das Internat und ein Foto von Charly und Mila abgebildet.

„Schwein gehabt, sogar ich sehe ganz gut aus“, brummte Mila.

„Du siehst spitze aus“, fand Charly.

Mila las den Artikel vor und die anderen lauschten. Es war wirklich ein positiver, freundlicher Bericht, der mit keiner Zeile erwähnte, wo sich das Internat befand.

„Das ist sicher von dem netten Reporter mit der Brille“, vermutete Yasmin.

Mila schielte in die Ecke. „Nein, es ist eine Frau. Franziska Rensig.“

Charly prustete los. „Das ist die Zicke mit dem hellgrauen Kostüm!“

Mila atmete auf. Dann hatte die Dame also Wort gehalten.

Sie blätterten auch in den anderen Zeitungen und Zeitschriften. Alle Artikel waren positiv und niemand hatte die Geschichte um Jakob angeschnitten.

„Wo hast du die eigentlich so früh am Morgen schon her?“, wollte Nele wissen. „Warst du an der Sechs-Uhr-Fähre?“

Charly zwinkerte verlegen. „Ne, Paketdienst. Mein Vater hat die Zeitungen von den Druckereien per Über-Nacht-Service direkt herschicken lassen. Der Fahrer hat sie also ins Internat gebracht.“

„Na, da lohnt es sich eben doch, von Königs zu sein“, meinte Isa.

Doch Nele sprang Charly bei. „Ne, find ich nicht. Das hätte meine Mutter auch getan. Kann doch jeder bestellen.“

Charly strahlte sie an. „Nele, du bist ein richtig toller Kumpel!“, sagte sie und pikte sie freundschaftlich mit dem Finger in den Oberarm.

Nele kicherte. „Wenn, dann schon Kumpelin“, meinte sie. „Ich muss euch etwas erzählen. Nämlich, warum ich so gut drauf bin. Meine Eltern … also, meine Mama, meine ich … also, ich bekomme ein Brüderchen."

Einen Moment lang starrten sie alle verdutzt an. Dann kreischten und umarmten die Mädels Nele und gratulierten ihr.

„Oh, ich möchte auch einen kleinen Bruder", rief Isa neidisch. „Ich hab nur eine blöde kleine Schwester. Total nervig."

Nele sah so glücklich aus, dass Mila noch einmal ihre Hand nahm und sie kräftig drückte. „Ich freu mich so für dich", flüsterte sie ihr zu.

Das laute Geschnatter wurde auf einmal weniger, und Mila drehte sich zur Seite, um den Grund dafür zu erfahren. Frau Steinbach war aufgestanden und in die Mitte des Saals getreten. Sicherlich wollte sie ihre Schüler verabschieden und in die Ferien entlassen.

„Meine lieben Internatsschüler und -schülerinnen", begann sie. „Kaum zu fassen, dass das Schuljahr schon wieder zu Ende ist. Es gab so viele ereignisreiche Tage in letzter Zeit, dass ich denke, wir werden alle die Ferien brauchen, um uns davon zu erholen. Mich eingeschlossen."

Die Schüler lachten.

„Nun habe ich noch etwas zu verkünden, bevor ich euch gehen lasse: Wie ihr wisst, wird die komplette Abschlussklasse uns nun für immer verlassen und ihren Weg woanders fortsetzen – einige davon werden wir sicher in Kürze bei internationalen Wettkämpfen oder sogar den Olympischen Spielen wiedersehen können."

Der Abschlussjahrgang jubelte.

„Außerdem …" Frau Steinbach wartete, bis es wieder still war. „Außerdem verabschieden wir noch folgende Schüler …" Sie nannte drei Namen aus den anderen Jahrgängen. „Und Jakob aus der Siebten."

Mila und die anderen nickten, Michel klopfte Jakob auf die Schulter.

„Dies hat zur Folge, dass Jakob nicht an dem vom Landeskader ausgeschriebenen Wochenende teilnehmen kann. Dementsprechend rückt der Nächstplatzierte der siebten Klasse nach: Mila!"

Mila klappte die Kinnlade herunter.

„Mila!", schrie Charly in ihr Ohr und drückte sie, bis Mila kaum noch Luft bekam.

„Herzlichen Glückwunsch", rief die Direktorin. „Und nun allen eine gute Heimreise und wunderschöne Ferien. Auf Wiedersehen!"

Augenblicklich ging das Geschnatter wieder los.

„Mila, das ist unglaublich, was sagst du nun?“, kreischte Charly.

„Ich glaube, ich bin taub“, gab Mila zurück. Sie sah Nele an. Ob die das gut fand? Doch Nele nickte lächelnd. Offenbar war es okay.

„Ich denke … ich denke, ich freu mich einfach riesig!“, jubelte Mila nun und riss die Arme in die Luft. „Yeah!“

Während die meisten Schüler nun ihre Habseligkeiten zusammenrafften und die ersten zu Fuß in Richtung Hafen davonwanderten, ging Mila noch einmal zu Frau Steinbach ins Direktorat.

Yasmin kam ihr auf dem Flur entgegen.

„Hey, Mila!“, sagte sie und rollte mit den Augen. „Musst du auch zur Standpauke antreten?“

Mila verneinte erstaunt. „Wieso denn Standpauke? Hast du was angestellt?“

Yasmin zuckte mit den Schultern. „Ach, das Übliche, was Schulen so sagen. Du musst dich mehr anstrengen, du nimmst das alles nicht ernst genug, du könntest viel mehr leisten … das ganze Blablabla.“ Sie warf den Kopf zurück und lachte ihr unbeschwertes Yasmin-Lachen.

„Stört dich nicht, dass es Ärger gibt? Möchtest du nicht mal ein Lob hören?“, fragte Mila zaghaft nach.

Yasmin lächelte. „Ach, weißt du, wenn ich mich wirklich anstrenge, wird ja immer noch gemeckert. Dann heißt es: ‚Wir haben aber viel mehr von dir erwartet‘. Da strenge ich mich lieber nicht an und kriege nur für die Faulheit einen Anschiss.“ Sie hob die Arme und drehte sich. „Du weißt doch: Mittelmaß ist prima!“ Dabei rutschte ihr T-Shirt ein Stück nach oben und darunter kam etwas Blitzendes zum Vorschein. Mila öffnete den Mund, um etwas zu sagen …

„Mund zu, Süße“, grinste Yasmin. Sie zog das T-Shirt wieder herunter. „Ein bisschen Spaß muss sein!“ Dann tanzte sie durch den Flur davon.

Mila sah ihr verblüfft hinterher. Sie hatte das Piercing doch noch drin! Nun musste Mila auch grinsen. Yasmin war echt skurril. Dann wurde sie nachdenklich. Ein Wunder, dass Yasmin immer so fröhlich wirkte, wenn sie doch in den Augen ihrer Eltern nie gut genug war. Das war furchtbar. Mila bekam Mitleid mit ihr, und sie nahm sich vor, in Zukunft besonders freundlich zu Yasmin zu sein.

Mila drehte sich zu Frau Steinbachs Bürotür um und klopfte zaghaft.

„Herein“, erklang Frau Steinbachs Stimme.

Mila trat ein.

„Hallo“, sagte sie an die Direktorin gewandt. „Ich wollte mich nur noch einmal bedanken, Frau Steinbach. Ich kann gar nicht glauben, dass ich nun zu dem Reittraining darf – und das noch zusammen mit Charly, das ist … total krass!“

Frau Steinbach erwiderte: „Das hast du allein dir zu verdanken. Herr Erpenbeck, der Talentscout vom Landeskader, hat ausdrücklich erwähnt, dass er nicht nach perfekten Leistungen geschaut, sondern auf das zugrunde liegende Talent geachtet hat. Und davon hast du offenbar viel gezeigt.“

Mila platzte fast vor Stolz.

„Es liegt vielleicht in der Familie“, fuhr Frau Steinbach fort. „Dein Vater war schließlich auch so begabt.“

Mila nickte zustimmend.

„Aber die Frage ist letztendlich, was du daraus machst. Natürlich kann niemand etwas dafür, wenn kurz vor dem Höhepunkt der Karriere ein solch verheerender Unfall alles zunichtemacht, noch dazu mit diesem bösartigen Hintergrund. Doch jeder muss seine eigenen Entscheidungen treffen. Ich rate dir, mach das Beste aus deinem

Talent, Mila, ich denke, du hast auch psychisch die besten Voraussetzungen."

Mila zog verwirrt die Stirn kraus. Unfall? Wovon redete Frau Steinbach eigentlich? Sie wollte gerade nachfragen, da wurde die Tür aufgerissen, und Charly stürmte herein:

„Mila! Wir brauchen deine Hilfe! Entschuldigung, Frau Steinbach!"

Sie zog Mila an der Hand auf den Flur hinaus und die Treppe hinunter.

„Was ist denn los?", wollte Mila wissen.

„Renate ist los", erklärte Charly außer Atem. „Sie steht unten in der Eingangshalle und weigert sich, auch nur einen Schritt vor oder zurück zu machen."

Schon standen sie in der Halle. Mila ging langsam zu dem störrischen Pony und streichelte seine Mähne. „Was hast du, Süße? Was willst du denn hier im Gebäude?"

Renate schnaubte ihr vertrauensvoll in die Hand.

„Wo ist Tini?", wollte Mila wissen.

„Mit ihrer Mutter im Dorf", erklärte Franzi.

Um Renate hatte sich ein Kreis an Helfern eingefunden. Sie hatten Möhren dabei, mit denen sie das Pony lockten, und redeten auf Renate ein.

Michel betrachtete das Pony. „Sie schaut so merkwürdig."

Mila strich über Renates Nase.

„Ich erinnere mich an eine Stute, die auch so reagiert hat", erzählte Michel. „Ihr Fohlen war damals weggelaufen und sie war voller Sorge. Erst, als wir es wiederfanden und zu ihr brachten, beruhigte sich die Stute. Aber Renate hat ja kein ..."

„Ich hab's", rief Mila und schlug sich lachend vor die Stirn. „Wartet hier!"

Sie rannte durch die Flure zu Tinis und Caros Wohnung. Zum Glück hatte sie von ihrer Tante einen Ersatzschlüssel bekommen. Sie schloss auf und ging schnurstracks in Tinis Zimmer. Sie musste kurz suchen, dann entdeckte sie es unter dem Bett: das rosafarbene Plüscheinhorn.

Mila rannte zurück.

„Das hier ist ihr Fohlen!", rief Mila und hielt es in die Höhe. Sofort trabte Renate los. Sie wieherte kurz und nahm das Einhorn dann ins Maul. Ohne sich um ihre Zuschauer zu scheren, wanderte sie zufrieden aus der Halle und ließ zum Abschied vor Erleichterung noch ein paar Pferdeäpfel fallen.

In dem allgemeinen Gelächter entdeckte Mila plötzlich Jan, der nun auf sie zukam.

„Da bist du ja!“, rief Mila und fiel in seine Arme.

„Hast du mal wieder jemanden gerettet?“, fragte Jan und strich ihr liebevoll eine Haarsträhne hinter das Ohr. Mila strahlte. Es kribbelte so herrlich im Bauch, wenn sie Jans Haut spürte.

„Ja, eigentlich sind jetzt alle gerettet und bereit für Ferien und Glücklichsein.“

„Das trifft sich sehr gut“, hauchte Jan ihr ins Ohr. „Glücklich sein steht auch auf meinem Plan.“

In Milas Bauch stiegen tausend kleine rosa Herzbläschen auf. Das würden die besten Ferien ihres Lebens werden!

Emma Norden wurde 1978 geboren und malte sich schon als kleines Mädchen aus, Schülerin eines Reitinternats zu sein. Gerne wäre Emma so wie Mila und würde mit ihrem Traumpferd Adesso spannende Abenteuer erleben. Aber statt am Strand entlangzugaloppieren, schreibt sie fleißig Geschichten und wird von ihren Kindern auf Trab gehalten.